ISBN 978-3-649-66693-6

Hafenweg 30, 48155 Münster, Germany
Textsatz: Internetlitho, Münster
Textsammlung und Redaktion: Inga Hagemann

Printed in Slovakia

www.coppenrath.de

Giftcocktail und Lichterglanz

Mit Illustrationen von Angela Holzmann

COPPENRATH

Inhalt

Judith Merchant

Axt mit Schleife

Königswinter

Am 23. Dezember muss ja im Grunde jeder durch irgendwas durch. Überfüllte Kaufhäuser, Großputz, der unerträgliche letzte Schultag, ist ja ganz egal, ein Picknick ist der 23. für keinen, aber danach ist dann ja Ruhe, Friede auf Erden und den Menschen ein Wohlgefallen und so.

Also Augen zu und durch!

Ich ziehe die Strumpfmaske über, nehme die Axt in die Rechte und stapfe auf das Haus zu.

Ein Käuzchen schreit klagend. Vielleicht ist es auch kein Käuzchen, ich kenne mich da nicht so aus. Ich bin auch eher nicht so der Profieinbrecher, ein Anfänger sozusagen. Immerhin hab ich die passende Montur, schwarzer Trainingsanzug, dann die Strumpfmaske, bewaffnet bin ich auch, vor mir liegt das Häuschen, Baustil rheinische Provinz, in das ich gleich einsteige, um mich zu bereichern. Dieser Garten ist der schönste Garten von Königswinter, zumindest sagen das die Preisrichter. Nirgendwo blühen die Blumen so wie

hier, aber jetzt sieht man nur Erde, deren winterliche Kahlheit mit Lichterketten und Plastiksternen kaschiert wird. Als ein Plastik-Elch mich überraschend anblinkt, stolpere ich, und etwas zerbricht unter meiner Stiefelspitze. Verdammt!
Ich lasse den Lichtkegel meiner Taschenlampe über den Rasen huschen und sehe, dass ich soeben einen Gartenzwerg geköpft habe.
Kollateralschaden, denke ich und gehe weiter. Ich kann mich von einem Gartenzwerg schließlich nicht aufhalten lassen bei dem, was ich hier durchziehe.
Immerhin geht es um was echt Wichtiges: Es geht im Prinzip darum, Weihnachten zu entkommen. Ein für alle Mal, sagt Christa.
Sie hatte auch die Idee mit Lanzarote. Christa hat echt tolle Ideen, das hab ich in den letzten vier Monaten immer wieder festgestellt. So lange sind wir nämlich schon zusammen. Christa ist ganz schön clever. Sie hat mir auch das mit Weihnachten erklärt.
Weihnachten ist nämlich eine rundum ungesunde Angelegenheit. Sieg der Tradition über die Vernunft. Man hockt um einen piksigen Baum, der mit Blick auf seinen positiven CO_2-Effekt besser im Wald geblieben wäre, und hört sich dieselben Geschichten an wie jedes Jahr. Man beschenkt ausgerechnet die Leute, die man

in Wahrheit am liebsten mit der Lichterkette strangulieren würde, und dann fügt man, um das Maß vollzumachen, dem armen Magen mit irrsinnigen Mengen von Gänsefett und Alkohol irreparablen Schaden zu. Und dann all die spießigen Glöckchen! Und Engelchen! Dagegen ist die Christa allergisch.

Weihnachten ist so was wie Weltuntergang unterm Tannenbaum, sagt sie. Schön blöd, wenn man da mitmacht! Und selber schuld, sagt die Christa.

Darum feiern wir auch anders. Lanzarote, all inclusive. Warum sollen immer nur die Rentner im Warmen überwintern dürfen? Diesmal sind wir dran, sagt Christa.

Palme statt Nordmannstanne.

Cocktails statt Gänsebraten.

Sonnenuntergang statt Weltuntergang.

Nur muss ich vorher noch die Sache hier zu Ende bringen.

Für Lanzarote, all inclusive, braucht man nämlich Geld, und zwar am besten nicht zu knapp, sagt die Christa. Und große Taten erfordern große Opfer, und was soll das Geld bei der Alten im Schrank vergammeln, wo wir's doch so gut brauchen können?

Es ist für mich ein Leichtes, die Hintertür zu öffnen, einmal zack mit dem Stemmeisen, das war's schon. Die

Polizei wird Einbruchspuren feststellen, selbst schuld, werden die sagen und sich an den Kopf tippen, dass jemand eine Hintertür so schlecht sichert.
Mit angehaltenem Atem husche ich durch die Tür und schleiche ins Haus. Meine Gummisohlen machen kein Geräusch, als ich durch den dunklen Flur gehe. Den schwachen Lichtschein hinter der Wohnzimmertür ignoriere ich, tapfer gehe ich weiter bis zu der Tür, hinter der das Schlafzimmer liegt. Licht an, Schrank auf, einmal hinter die sorgfältig gestärkten Bettlaken gegriffen, wo das Geld liegt. Es ist fast zu leicht. Ich raffe die Bündel zusammen, stopfe sie in den Rucksack und atme durch. Teil eins ist geschafft! Dass Teil zwei der wirklich haarige Teil ist, oder besser: der blutige, das verdränge ich erst mal. Rucksack auf und Rückzug. Gerade bin ich wieder im Flur, da höre ich es. Ich erstarre. Hinter der Wohnzimmertür höre ich Geräusche. Ein Knarren und Quietschen. Ein Schaukelstuhl.
Vor Schreck weiche ich zurück und stoße mit der Axt an den Flurspiegel, ein helles Klirren, mein Herz bleibt stehen. Das Knarren und Quietschen verstummt.
Die Axt pendelt nutzlos in meinem kraftlosen Arm, und ich begreife, dass ich für Teil zwei nicht bereit bin. Schlurfende Schritte nähern sich der Tür. Dann wird

sie aufgerissen, und grelles Licht flutet mich, so dass ich geblendet die Augen schließe.
„Walter?“, höre ich eine ungläubige Stimme.
„Hallo, Mama.“
„Was machst du denn hier? Und wie siehst du überhaupt aus?“
Hastig zerre ich die Strumpfmaske vom Kopf und verstaue sie in der Jackentasche.
„Du bist ja ganz blass, Junge, setz dich, ich mach dir einen Kakao.“
Auf dem Sofa sitzt schon Tante Anneliese und strahlt mich an, dass ihre Goldkronen nur so blinken.
„Hallo, Junge!“
„Hallo, Tante Anneliese.“
„Gut, dass du dich endlich mal wieder blicken lässt, deine arme Mutter hat dich sehr vermisst. Was bist du blass, Walter! Trink erst mal den Kakao, dann sieht die Welt schon ganz anders aus.“
Sie greift nach meiner Rechten und lässt sie nicht mehr los, so dass ich den Kakao mit links trinken muss. Tatsächlich, mir ist ganz schwach zumute. Kreislauf. Im Wohnzimmer ist es warm, als ich neben Tante Anneliese auf dem Sofa Platz nehme, am Tannenbaum hängen schon die Figürchen aus dem Erzgebirge und die Strohsterne, auf dem Tisch liegen gestickte Decken

mit Glöckchen und Engelchen. Gut, dass das die Christa nicht sieht! Sie würde auf der Stelle einen anaphylaktischen Schock erleiden.
Der Kakao tut gut, da hat die Mama recht gehabt. Als ich ihn ausgetrunken habe, sieht die Welt tatsächlich ganz anders aus. Auch wenn ich mich frage, wie ich die Sache jetzt durchziehen soll, mit der Tasse in der einen Hand und Tante Anneliese an der anderen.
Dann fällt mir ein, dass ich auch das mit den herausgerissenen Schubladen im Schlafzimmer vergessen habe, dabei ist das wichtig, das hat die Christa extra betont, damit die Polizei nachher, wenn sie die Leiche von der Mama findet, denkt, dass es ein stinknormaler Einbruch war, von Einbrechern, die gar nicht wussten, dass die Mama ihre Rente immer hinter den Bettlaken versteckt, denn wer das weiß, sagt die Christa, muss die Mama ja kennen, und dann kämen sie gleich auf mich.
Kompliziert, denke ich und unterdrücke ein Seufzen. Viel zu kompliziert. Und überhaupt, das Ganze war nicht meine Idee.
„Weihnachten ohne die Mama geht nicht“,

habe ich der Christa gesagt, als die das erste Mal mit ihrer Lanzarote-Weihnachtsidee kam. „Auf gar keinen Fall. Das packt die nicht."
„Tja", hat die Christa gesagt und die Achseln gezuckt. „Ich hab jetzt aber schon gebucht."
„Tante Anneliese hat gesagt, Weihnachten ohne mich, das steht die Mama nicht durch. Sie hat ja sonst niemanden!"
„Doch. Sie hat Tante Anneliese, zum Beispiel."
„Können wir sie nicht einfach mitnehmen, die beiden?", hab ich gefragt.
Die Christa hat mich angeguckt, als ob ich wer weiß was verlangt hätte.
„Vergiss es", sagte sie sofort. „Meinst du, ich bin scharf auf einen Sonnenuntergang und davor die beiden Alten im Bikini? Nein, die bleiben hier, allein. Deine Mutter ist erwachsen. Und außerdem hat sie ja ihre Blumenbeete und den Gänsebraten. Das packt die schon!"
„Nein, das packt sie eben nicht. Sie wird mich nicht lassen. Nur über ihre Leiche, sagt Tante Anneliese."
„Das kann sie haben!", hat die Christa erfreut gerufen. „Mal ehrlich, jetzt. Ist vielleicht eh besser. Dann haben wir auch das Problem mit dem Geld geklärt, langfristig gesehen. Denn Weihnachten auf Lanzarote geht ja irgendwann vorbei, und im Jahr danach wollen wir

bestimmt wieder dahin oder vielleicht mal nach Fuerteventura. Und außerdem muss sie, wenn sie tot ist, ja auch gar nicht mehr allein feiern."
Was die Christa sagt, klingt immer ganz einfach. Aber jetzt, auf Mutters Sofa und mit Kakao in der Hand und der Axt unter dem Sofa, kommt mir die Sache irgendwie doch ziemlich schwierig vor.
Plötzlich begreife ich, dass das mit der Axt eine rundum dumme Idee gewesen ist, nicht nur, weil ich mich so leicht daran verletzen kann. Eine Axt ist viel zu brutal. Eine Sauerei würde das geben, und außerdem tut das weh, und ich muss der Mama ja nicht unbedingt weh tun, Weihnachten und Lanzarote hin oder her.
Gift wäre besser. Gift ist sanft. Wenn ich den beiden Gift in den Kakao träufelte, dann würden sie ganz gemütlich einschlafen, das sähe dann außerdem ganz natürlich aus, und die ganze Sache mit den herausgerissenen Schubladen und so kann ich mir auch sparen. Nur leider hab ich kein Gift dabei.
„Ist alles in Ordnung, Walter? Du guckst so nachdenklich!"
„Alles okay, Mama, ich hab nur gerade überlegt, was ich dir dieses Jahr zu Weihnachten schenken soll."
„Zerbrich dir darüber mal nicht den Kopf, Walter, ich hab doch alles. Vielleicht ein Paar Gartenhandschuhe.

Oder einen Löwenzahnstecher. Oder … Sag mal, warum denkst du überhaupt über das Geschenk nach? Ich hab ja irgendwie gedacht, du bist dieses Jahr auf Lanzarote?"

„Was?" Ich stelle die Tasse so hastig ab, dass der Kakao überschwappt.

„Na ja, Schmittchens Horst hat gesehen, wie du einen Reiseführer gekauft hast, und da dachte ich, dass du sicher mit deiner neuen Freundin nach Lanzarote fahren willst. Ist doch viel netter, als mit deiner alten Mutter unterm Baum zu sitzen und Gänsebraten zu essen."

„Aber nein, Mama!"

„Walter, ein Junge in deinem Alter sollte wirklich mit seiner Freundin in die Sonne fahren und Cocktails trinken, meinst du nicht? Oder hat etwa …" Mamas Stimme klingt alarmiert. „Hat sie dich etwa sitzenlassen?"

„Nein, hat sie nicht!"

„Bist du dir da auch sicher?"

Ich finde plötzlich gar nicht mehr, dass eine Axt zu brutal ist, und greife suchend unters Sofa, aber da fällt mein Blick auf Mamas Gesicht, und ich sehe das Mitleid darin und begreife, worauf sie anspielt.

„So kurz vor Weihnachten ist das ja nicht schön", sagt sie mitfühlend.

„Mit Christa ist alles okay!"

„Dann ist gut. Ich dachte ja nur …"

Ich weiß genau, was die Mama dachte, aber das soll sie bitte schön nicht laut sagen. Nämlich, dass ich ganz schön Pech hab mit den Frauen. Vor allem zu Weihnachten. Weil Weihnachten ja Beziehungen auf eine harte Probe stellt. Deswegen bin ich ja auch so sicher, dass die Christa die Richtige ist, weil die das nämlich schon von vornherein erkannt hat, dass Weihnachten eher schwierig ist, wenn man nicht nach Lanzarote fährt. Weil die meisten Frauen, und ich mein da jetzt nicht die Christa, ganz bestimmte Vorstellungen haben von Weihnachten. Die wollen zum Beispiel Karpfen. Und dann gibt's Ente. Oder sie wollen Kirche. Und dann gibt's Hausmusik. Oder sie wollen Zweisamkeit. Und dann sitzt da die Schwiegermutter. Und *zack* sind die Frauen über alle Berge, nur weil sie es nicht so gekriegt haben, wie sie es hätten haben wollen. Das sind eben die ganzen konventionellen Weihnachtsopfer mit diesen ungünstigen Weihnachtserwartungen, die alle Menschen haben. Das kann ja nur schiefgehen, daraus muss man sich befreien, zur Not eben mit Gift oder meinetwegen mit der Axt.

Am Anfang hab ich gedacht, es läg an mir, dass die Frauen mich verlassen. Das war bei der Veronica. Bei der Erika hab ich dann gedacht, es läg an der Mama, dass das der Erika irgendwie zu viel war mit Mama und dem Erzgebirgekram und dem Gänsebraten und dem Punsch. Und erst jetzt, mit der Christa, hab ich begriffen, dass es an Weihnachten liegt. Weihnachten ist schlecht für Beziehungen.

Obwohl es schön ist. Jetzt, wo ich hier sitze zwischen den süßen Figürchen und den heimeligen Strohsternen und wo Mamas Kakao so gut schmeckt, da frag ich mich: Muss man eigentlich um die halbe Welt fliegen und sich in der Fremde zusammen mit anderen Fremden die Schultern verbrennen lassen?

Irgendwie ist das gemein, dass ich mich anscheinend zwischen der Mama und der Christa entscheiden muss.

Die Christa ist nicht so wie die Erika, die Rosemarie und die Veronica. Die ist anders. Die würde sicher auch mit der Mama klarkommen, wenn wir später nach Lanzarote fliegen. Aber es ist ja schon gebucht, und das Geld dafür sollte ich ja der Mama klauen. Ach, ist das kompliziert!

„Du musst dich entscheiden“, sagt die Mama.

„Kommt ihr denn jetzt oder nicht? Du und die …“
„Christa“, sage ich, „sie heißt Christa.“
„Und kommt ihr? Müsst ihr nicht. Fahrt doch nach Lanzarote, da ist es warm.“
„Wir kommen gern“, rufe ich.
„Und es gibt Gans. Oder mag die Christa das nicht?“
„Doch, natürlich.“
„Und Weihnachtspunsch“, sagt Mama zufrieden. „Ach, ich weiß noch, die Rosemarie, die mochte den Punsch so gern!“ Ich mag mich gar nicht an die Rosemarie erinnern. Wortlos war sie weg, am Tag danach, wie vom Erdboden verschluckt. Mama sagt, dass sie wahrscheinlich abgehauen ist nach Australien, sie hatte so was angedeutet beim Punschtrinken, das kam der Mama gleich komisch vor. Das war dann immerhin eine Erklärung. Natürlich hat mich das auch sehr interessiert, von der Mama zu hören, wie der Abend mit der Rosemarie so verlaufen ist, ich hab ja gar nicht alles mitbekommen von dem Abend, weil ich so gegen zehn ins Bett gegangen bin, weil ich so müde aussah. Das hat zumindest die Mama gesagt.
Als ich am nächsten Morgen aufstand, war die Rosemarie verschwunden. Auf Nimmerwiedersehen.
Das war echt gemein.

Ich hab lange überlegt, ob ich ihr die Australienidee vielleicht hätte ausreden können an dem Abend, es muss ja eine sehr spontane Idee gewesen sein, ich hatte wirklich keine blasse Ahnung davon! Vielleicht hätte ich das verstanden, wenn ich an dem Abend beim Punschtrinken mitgemacht hätte, aber Mama sagt, der Punsch war zu stark für mich, und außerdem, wenn man so müde aussieht wie ich an dem Abend, dann gehört man ins Bett.
Und es war ja auch kein Wunder, dass ich müde war, meinte Mama, wo ich doch so schön gegraben hatte! Vor dem Abendessen hatte ich ja für die Mama noch das neue Beet ausgehoben. Die Mama legt nach Weihnachten nämlich immer die neuen Beete an. Auch wenn die Pflanzen erst im Frühjahr kommen, ist es wichtig, dass man den Boden schon mal vorbereitet. Das scheint zu stimmen, denn Mamas Rabatten blühen wie kaum sonst was in Königswinter. Es sind wirklich Prachtstücke, zwei Mal ein Meter, in dem vom letzten Jahr, dem Jahr, wo die Erika verschwunden ist, hat sie Heidekraut in allen Farben gepflanzt, in den anderen Beeten blühen Rosen und Ehrenpreis – also, Veronica heißen die. Veronica ist der andere Name für Ehrenpreis.
„Also, wenn ihr wirklich absolut nicht nach Lanzarote wollt, dann sehen wir uns ja morgen“, sagt die Mama.

„Ich bin schon sehr gespannt auf deine neue Freundin."
„Dein Punsch wird ihr schmecken!", sage ich.
„Davon bin ich überzeugt", sagt die Mama und grinst so komisch.
„Ist was, Mama?"
„Aber nein! Ich hab nur gerade an das neue Beet gedacht."
„Welches neue Beet?"
„Na, das mit den Christrosen!"
„Aber du hast doch gesagt, es ist gar kein Platz mehr im Garten."
„Links neben dem Eingang ist noch etwas Platz. Den müsstest du morgen vor dem Essen noch ausheben."
Ich seufze.
„Ist diesmal nicht viel, nur ein halber Quadratmeter. Ach, und weil du eben sagtest, dass du noch kein Geschenk für mich hast – so eine Axt wie die da, die brauchte ich wirklich ganz dringend!"

Henry Slesar

Der Mann, der Weihnachten liebte

Als Lev Walters die ihn weckende Hand seiner Frau an der Schulter spürte, zweifelte er nicht daran, dass es wegen des Babys war. Mann!, dachte er, jetzt käme sein Sohn vielleicht doch noch Weihnachten zur Welt! Seit Wochen schon redeten sie über diese Möglichkeit, wobei sie sich fragten, ob John Alexander Walters wohl sehr viel dagegen hätte, seinen Tag mit einem berühmteren Geburtstagskind zu teilen. (Sie kannten das Geschlecht des Babys, weil Elly eine Fruchtwasseruntersuchung hatte vornehmen lassen. Sie war zweiunddreißig und es war ihr erstes Kind, warum also ein Risiko eingehen?) Doch als Lev endlich ganz wach war, was diesmal länger als sonst dauerte, weil er bis zwei Uhr morgens Geschenke eingepackt hatte, war ihm klar, dass nicht die Wehen der Grund für den Weckruf waren. Elly hielt das Telefon in der linken Hand. Das hatte immer nur eins zu bedeuten, denn Lev Walters war Polizist.

Captain Ab Peterson beantwortete seine erste Frage, noch ehe er sie gestellt hatte. „Nein, Sam ist nicht da.

Auf der Interstate hat es einen Unfall gegeben, in den drei Wagen verwickelt sind – zu viel Eierpunsch, nehme ich an. Ich habe hier nur Lutz und den Kleinen, und keiner von beiden hat genug Grips für die Sache."

„Was für eine Sache?", fragte Lev.

„Jemand ist spurlos verschwunden, wie weggezaubert", sagte Ab. „Ein Mann namens Barry Methune. Wohnt in der Holly Road. Letzte Nacht."

„Du willst mich wohl auf den Arm nehmen", sagte Lev. „Vor Ablauf von mindestens achtundvierzig Stunden gilt niemand offiziell als vermisst."

„Dieser Typ ist aus seinem eigenen Bett verschwunden, und seine Frau ist ganz schön hysterisch deswegen. Er hat zwei Kinder – sie haben noch nicht mal ihre Geschenke ausgepackt, und Daddy ist einfach weg … Rede wenigstens mal mit der Frau, okay? Sie wohnt nur zehn Minuten von dir entfernt. Sieh zu, dass du sie beruhigst, bis Sam zurück ist, ja? Tust du das?"

Lev wusste, dass er es tun würde, trotz Ellys verzogenem Mund. Der Stadt Lewisfield standen nur sechs Polizeibeamte zur Verfügung, und Feiertage waren immer ein Problem, sowohl aus logistischer wie auch emotionaler Sicht. Am schlimmsten war Weihnachten. Für das Privileg, am 25. Dezember zu Hause bleiben zu dürfen, hatte Lev zwei Urlaubstage hingegeben, und nun stand er da, zerrte sich die Socken hoch, stolperte in seine Hose und schickte sich an, irgendeiner Hausfrau die Hand zu halten, weil ihr Ehemann Weihnachten wahrscheinlich zu ausgiebig begossen hatte und jetzt nicht mehr wusste, wo er wohnte.

„Bleib nicht so lange weg", sagte Elly. „Ich möchte das Baby nicht ohne dich kriegen."

„Ohne mich hättest du's gar nicht zuwege gebracht", sagte Lev.

Er näherte sich ihr, so weit es ging, um sie zu küssen.

Lev Walters hatte seine gesamten vierunddreißig Jahre in Lewisfield verbracht und zugesehen, wie sich seine Stadt wie ein Tintenfleck ausgebreitet hatte, um schließlich der Vorort einer benachbarten Großstadt zu werden. Das Wachstum hatte dem Ort Wohlstand gebracht, dem Gemeinwesen aber geschadet. Außerdem waren neue Wohngebiete entstanden, und die Holly Road gehörte dazu – Häuser wie Ausstechförmchen mit briefmarkengroßen Rasenflächen.

Weihnachten hatte der Straße noch eine andere Art von Gleichförmigkeit aufgezwungen. Fast an jeder Tür hingen Kränze, und in fast jedem Fenster leuchteten oder blinkerten Weihnachtsbäume.

Aber als Lev mit seinem Kombi in die Auffahrt zum Haus der Methunes einbog, fing auch er an zu blinkern. Hätte es einen Wettbewerb um das am weihnachtlichsten geschmückte Haus in Lewisfield gegeben – die Methunes hätten mit Sicherheit den ersten Preis gewonnen. Auf dem Rasenstück vor dem Haus stand ein Pferdeschlitten in Originalgröße, auf dem ein Weihnachtsmann aus Plastik die Zügel von vier Plastikrentieren hielt. In der Nase des einen glühte ein winziges rotes Lämpchen. Auf der Terrasse stand eine fast lebensgroße Weihnachtskrippe aufgebaut, deren bunte Lichterketten dem Jesuskind ein gelbsüchtiges und den es Anbetenden ein grünes, orangefarbenes oder blaues Aussehen verliehen. Sämtliche Regenrinnen und Fallrohre waren von Lichterketten gesäumt, ebenso die Fenster und die Haustür. Auf dem Rasen standen zwei mit Lichtergirlanden geschmückte Bäume, aber keiner von ihnen konnte es mit dem im Haus aufnehmen, einem stattlichen Zweimeterexemplar, das, mit jedem nur denkbaren Schmuck behängt, aus einem Durcheinander bunt eingewickelter Päckchen emporragte, die noch alle unausgepackt waren.

„Hier mag jemand Weihnachten", murmelte er, als Mrs. Methune ihn einließ.

„Mein Mann", sagte die Frau und unterdrückte ein Schluchzen. „Das macht es ja so schrecklich. Dass das ausgerechnet heute passieren konnte!"

„Dass was passieren konnte?“, fragte Lev.
Sie war eine dünne, hübsche Frau mit straff zurückgenommenem Haar und leicht vorstehenden Zähnen, was ihr ein liebenswertes, kaninchenartiges Aussehen gab. Glücklicherweise hatte sie dunkle Augen und einen strengen Mund, obwohl die Ersteren verweint waren und der Letztere zuckte.
„Wir sind erst nach Mitternacht ins Bett gegangen, Barry und ich. Die Kinder gehen normalerweise so gegen neun schlafen, aber sie waren so aufgeregt, dass wir ihnen erlaubten, bis zehn aufzubleiben. Das ließ uns noch ein paar Stunden, um all die Geschenke aufzubauen. Wir waren beide ganz erschöpft, das ist klar, aber Barry war glücklich, so glücklich, wie er es immer zu dieser Zeit des Jahres ist. Er liebt Weihnachten so sehr, dass er bereits am 26. Dezember anfängt, das nächste Weihnachtsfest zu planen, davon bin ich felsenfest überzeugt.“
„Wann sind Sie aufgewacht?“
„Um sieben. Ich hatte den Wecker gestellt, weil ich nicht zu lange schlafen wollte; ich wusste, dass Dodie und Amanda – das sind meine beiden kleinen Töchter – in aller Frühe auf sein und darauf brennen würden, ihre Geschenke auszupacken. Ich war durchaus nicht überrascht, als ich sah, dass mein Mann bereits

aufgestanden war. Normalerweise schläft Barry zwar sehr fest, aber das war schließlich der schönste Morgen des ganzen Jahres für ihn ..."

„Ihr Schlafzimmer ist oben?"

„Ja, ich warf einen Morgenrock über und kam hier runter, und wie ich gedacht hatte, waren die Kinder schon unten, schüttelten ihre Päckchen und versuchten zu erraten, was der Weihnachtsmann ihnen gebracht hatte. Das meine ich übrigens wortwörtlich. Dodie ist fünf, und Amanda ist noch nicht ganz sieben, und sie glauben noch an den Weihnachtsmann, oder zumindest gelingt es ihnen sehr gut, so zu tun als ob ... Daran hatte Barry so viel gelegen ... dass sie *glauben*." Sie schluckte einen schluchzenden Laut hinunter. „O mein Gott, ich spreche von ihm in der Vergangenheit! Sagen Sie mir, dass ich das nicht muss – bitte!"

„Sie müssen das nicht", sagte Lev mit überzeugender Festigkeit. „Es gibt für das Verschwinden Ihres Mannes Dutzende von möglichen Erklärungen, Mrs. Methune, und die Chancen, dass er innerhalb der nächsten paar Stunden durch diese Tür hereinspaziert kommt, stehen fantastisch."

„Ich habe versucht, wenigstens *eine* Erklärung zu finden", sagte sie. „Nur eine einzige, an die ich mich klammern kann. Aber es will mir einfach keine einfallen!"

„Schön, dann will ich es mal versuchen. Er ist aufgewacht, und plötzlich fiel ihm ein, dass er eins der Geschenke im Büro gelassen hatte. Da dachte er, er könnte sich schnell ins Auto setzen –“

„Nein“, sagte die Frau scharf. „Das hat er nicht getan. Wir haben zwei Autos, seinen Ford und meinen kleinen Mazda. Sie stehen beide in der Garage. Zu Fuß ist er auch nicht ins Büro gegangen, es liegt in der Stadt, in Dayton. Er leitet eine kleine Firma für Ärztebedarf. Er besitzt zwar ein Motorrad, aber das ist auch hier.“

„Er könnte ein Taxi gerufen haben. Das ist doch nicht unmöglich, oder?“

„Mitten in der Nacht? Warum sollte er das tun?“

Lev wusste es auch nicht. Aber er fuhr fort, Vermutungen anzustellen.

„Vielleicht hat ihn jemand abgeholt. Wenn nun ein Auto vorgefahren wäre, ohne dass Sie es gehört hätten, so müde, wie Sie waren, in tiefem Schlaf?“

„Das ist ja noch schlimmer. Von einem Auto abgeholt! Wer saß am Steuer? Wohin sind sie gefahren?“ Er wollte gerade antworten, aber sie ließ ihn nicht zu Wort kommen. „Sie denken an eine andere Frau, nicht wahr?

Sie denken, dass er sich ausgerechnet Heiligabend ausgesucht hat, um mit einer anderen Frau durchzubrennen! Großer Gott, wie können Sie so was sagen!"
Lev machte sie nicht darauf aufmerksam, dass er es gar nicht gesagt hatte, schon deswegen nicht, weil ihm der Gedanke durch den Kopf gegangen war.
„Na gut", sagte er. „Hören wir auf, Vermutungen anzustellen, und halten wir uns an die Tatsachen. Seine Sachen zum Beispiel."
„Die sind alle hier", sagte Mrs. Methune. „Jedenfalls kommt es mir so vor. Ich führe keine Bestandsliste von Barrys Sachen, und er nicht von meinen. Aber ich weiß, dass er fünf Anzüge hat, die alle noch im Schrank sind. Er besitzt drei Koffer, und die sind auch noch, wo sie immer waren. Würde er durchbrennen, ohne zumindest seine Zahnbürste einzustecken? Die ist auch da."

Lev räusperte sich, denn er wollte ganz sichergehen, dass sie ihn richtig verstand. „Ich habe eine Reihe solcher Fälle bearbeitet, Mrs. Methune. Ehemänner, die so was vorhaben, können ganz schön raffiniert sein. Da war ein Typ, der gab alle seine Sachen über einen Zeitraum von mehreren Monaten in die Reinigung und ließ sie sich dann an eine neue Adresse liefern. Ehe seine Frau spitzkriegte, was da ablief, war praktisch sein ganzes Zeug aus dem Haus.“

„Aber ich habe Ihnen doch gerade gesagt …“

„Ja, ja, ich weiß. Seine Sachen sind alle hier. Aber einige Männer sind bereit, sich eine komplett neue Garderobe zuzulegen, wenn sie ein neues Leben beginnen …“ Er fühlte sich hundsmiserabel, kaum dass der Satz raus war.

„Vielleicht wollte Barry mich wirklich verlassen“, sagte die Frau, und ihr Blick umflorte sich. „Ich weiß es nicht. Er hat es sich jedenfalls nie anmerken lassen. Aber seine Kinder? Seine geliebten kleinen Mädchen? Und ausgerechnet *Weihnachten*, an dem schönsten Tag ihres Lebens?“ Sie schüttelte so heftig den Kopf, dass sie das Gummiband abschüttelte, mit dem sie ihr Haar zurückgehalten hatte. Es kam frei und fiel in einem sanften braunen Durcheinander um ihr Gesicht. Jetzt sah sie noch jünger und hübscher aus, und Lev durchschauerte plötzlich ein Zweifel, der ausgesprochen unheimlich war. Wo *war* Barry Methune? Welches Weihnachtsgespenst hatte ihn von so einer Familie weggezaubert?

Es wurde drei Uhr nachmittags, ehe Lev die Gegend verließ, und ihm fiel plötzlich schwer auf die Seele, dass er noch nicht einmal Elly angerufen hatte, um zu hören, was ihre Wehen machten. Er überschritt auf dem Rückweg die Geschwindigkeitsbegrenzung und vertraute darauf, dass seine Dienstmarke ihn rausreißen würde. Glücklicherweise wurde er nicht angehalten. Noch glücklicher war der Umstand, dass Elly gar nicht zu Hause gewesen war, sondern beim Friseur. Sie entschuldigte sich bei *ihm*. Lev verzieh ihr großmütig.

Als er ihr von dem Fall Methune erzählte, identifizierte sie sich sofort mit dem Opfer, wie sie das immer tat.

„Wenn du jemals so was mit mir machst, Bulle, dann kratze ich dir die Augen aus."

„Aber wir wissen ja gar nicht, was Methune gemacht hat. Seine Frau weiß es nicht und seine Nachbarn auch nicht."

„Du hast mit ihnen gesprochen?"

„Ich habe die halbe Straße befragt. Niemand hat Methune das Haus verlassen sehen, niemand hat mitten in der Nacht ein Fahrzeug gehört. Ich hab sogar mit seinen Kindern geredet, zwei kleine Mädchen mit Gesichtern wie die liebe Sonne. Wenn du mir so eins machtest, hätte ich nicht das Geringste dagegen."

„Du kriegst einen Jungen, hast du das vergessen?"
„Das sagst du schon die ganze Zeit, bloß wann?"
Ellys Antwort klang wehmütig. „Nicht zu Weihnachten, so wie es aussieht ... Sag noch mal, wie war das? Der Mann ist nicht jedes Weihnachtsfest zu Hause?"
„Ja, so hat es mir seine Frau erzählt. Er beschäftigt nur einen einzigen Vertreter in dieser Firma für Ärztebedarf, die er da hat, und wenn Feiertage sind, dann machen sie abwechselnd Dienst. Aber er entschädigt sich für die verpassten Festtage, indem er sich jedes zweite Jahr wahnsinnig ins Zeug legt. Er gibt ein Vermögen für Weihnachtsdekorationen aus, bringt Tage damit zu, alles herzurichten. Er kauft tonnenweise Geschenke und packt jedes Geschenk selbst ein. Er leiht sich nicht einfach nur ein Weihnachtsmannkostüm, er hat sich eins machen lassen. Er schickt Weihnachtskarten an alle Leute, die er nur irgendwie kennt, und auch an ein paar, die er kaum kennt ... Es ist der glücklichste Tag seines Lebens, und er ist nicht da, um ihn zu erleben."
Um sechs klingelte das Telefon. Elly nahm den Hörer in der Küche ab, wo sie gerade einen Lammbraten zubereitete. Sie kam heraus, bedachte ihren Mann mit einem gespielt argwöhnischen Blick und fragte: „Und wer, bitte schön, ist Pola Methune?"

„Heißt sie so mit Vornamen?“, sagte Lev. „Ich hab sie nie danach gefragt.“
Er nahm das Telefon und hoffte zu hören, dass Polas herumschweifender Gatte zurückgekehrt und wieder Weihnachten in das Heim der Methunes eingezogen sei. Aber ihre ersten Worte waren in ein Schluchzen gehüllt, und Lev wusste, dass sein Festessen würde warten müssen.
Auf der Fahrt zurück zum Haus der Methunes grollte er vor sich hin. Er hätte Pola nie seine Privatnummer geben, sondern sie ans Präsidium verweisen sollen, da hätte sich dann Sam Reddy mit dem Problem befassen können. Er fühlte sich als Opfer seiner eigenen Gefühlsduselei. Wenn das dabei herauskam, wenn man „Familienvater“ war, dann wusste er nicht so recht, ob er Gefallen daran fand.
Es wurde bereits dunkel, als er die Holly Road erreichte. Er spürte, dass die Lichter, die die Häuser schmückten, auch etwas Wehmütiges an sich hatten. Morgen würden sie erloschen sein, Weihnachten war fast vorüber. Barry Methune würde nun 364 Tage warten müssen, ehe er seiner Weihnachtsfreude Ausdruck verleihen konnte. Aber würde er ihr jemals wieder Ausdruck verleihen?
Pola begrüßte ihn hohläugig und mit gedämpfter Stimme. Dodie und Amanda jedoch setzten dazu einen

Kontrapunkt. Kreischend vor Lachen wälzten sie sich auf dem Wohnzimmerteppich in einem Wust von Schachteln und Geschenkpapier. Offensichtlich hatte Pola beschlossen, ihnen ihre Geschenke nicht länger vorzuenthalten, auch wenn ihre eigenen ungeöffnet blieben.

„Ich weiß, was Sie mir erklärt haben", sagte sie. „Dass es Vorschriften gibt, ab wann jemand als vermisst gilt, dass man warten muss … Aber gibt's denn gar nichts, was Sie tun könnten?"

„Ich habe bereits einiges getan", sagte Lev. „Ich habe, nachdem ich Sie heute Morgen verlassen hatte, die Leute in der Nachbarschaft befragt. Außerdem habe ich die Unfallberichte überprüft, die Krankenhäuser am Ort, das Leichenschauhaus. Mit negativem Ergebnis, was Sie sicher freuen wird zu hören. Aber haben Sie denn getan, worum ich Sie gebeten habe?"

Wenn möglich, sah sie jetzt noch unglücklicher aus. „Ja", sagte sie. „Ich habe Barrys Papiere durchgesehen. Ich habe sogar alle seine Taschen durchsucht. Es war mir ganz schrecklich. Es hatte so was … Misstrauisches."

„Haben Sie irgendetwas gefunden?"

„Nein. Wenigstens nichts, was mir etwas gesagt hätte."

„Wären Sie bereit, mich auch einmal schauen zu lassen?"

„Von mir aus … Ich habe alles in eine Schachtel getan. Zusammen mit seinem Adressbuch. Abgesehen von einigen geschäftlichen Nummern ist es genauso wie meins."
„Erlauben Sie mir trotzdem, dass ich es mir ansehe", sagte Lev. „Und wenn Sie Fotos von Ihrem Mann haben, die auch."
Sie drehte sich um und ging die Treppe hinauf – mit den schleppenden Schritten einer um zwanzig Jahre älteren Frau.
Während er wartete, beobachtete er die beiden kleinen Mädchen. Sie waren inzwischen mit sich selbst und ihrer eigenen Weihnachtsbeute beschäftigt. Die ältere – Amanda? – schien mit einem Spielzeug nicht zurechtzukommen und fand, dass er ein leidlicher Vaterersatz sei. Sie brachte es ihm und drückte es ihm in die Hand.
„Wie spielt man damit?", fragte sie. „Kannst du's mir zeigen?"
Lev sah es sich an. Es war eins von diesen elektronischen Spielen, ein Fußballspiel. Es bestand aus einem Bildschirm mit dem Spielfeld darauf und zwei Knöpfen, auf jeder Seite einer. Der eine kontrollierte den Sturm, der andere die Verteidigung. Aber als er auf die Knöpfe drückte, passierte gar nichts.
„Vielleicht sind die Batterien alle", sagte er.

Erleichtert, dass er es hier mit einem einfacheren Problem zu tun hatte, suchte er zwischen den verstreuten Geschenken herum und fand eine kleine silberfarbene Taschenlampe. Tatsächlich steckten darin Batterien der gleichen Größe, und diese funktionierten. Das kleinere Mädchen – Dodie – hatte nichts dagegen, dass er sich an ihrem Geschenk zu schaffen machte; sie schien sich nicht besonders dafür zu interessieren. Lev fand es selbst auch ein wenig merkwürdig, einem kleinen Mädchen eine Taschenlampe zu schenken. Oder auch ein elektronisches Fußballspiel, wenn man darüber nachdachte.

Dummerweise reagierte das Spielzeug nicht auf seine neue Kraftquelle. Als Pola Methune wieder herunterkam, eine weiße Pappschachtel in der Hand, sah sie Amandas enttäuschtes Gesicht und fragte, was los sei.

„Wissen Sie noch, wo Sie das hier gekauft haben?"

„Ich habe es gar nicht gekauft, sondern Barry. In einem Spielzeugladen in der Nähe seines Büros, in der Broad Street. 900 Broad, im Wyatt Building."

„Ich werd's schon finden", sagte Lev. „Ich fahre hin und tausche es um, wenn Sie möchten."

„Das ist furchtbar nett von Ihnen. Genau das hätte Barry auch getan."

Neue Tränen drohten, und Lev lag viel daran, seine Untersuchung abzuschließen. Er sah Barry Methunes Papiere durch und musste dessen Frau darin zustimmen, dass sie harmlos waren und keinerlei Aufschlüsse gaben. Außerdem stellte sich heraus, dass Methune kamerascheu sein musste. Es gab nur ein einziges Foto von ihm, und das war vermutlich zu alt, um von Nutzen zu sein. Der Schnappschuss zeigte einen dicklichen jungen Mann, dessen dunkles, lockiges Haar sich an den Schläfen bereits lichtete. Er hatte Fältchen um die Augen, eine breite Nase und ein Lächeln, das aussah, als wäre es eine Dauereinrichtung.

In dieser Nacht lag Lev schlaflos neben seinem Mount Eleanor, wie er Elly nannte, und studierte die Schlafzimmerdecke. Seine Frau wollte wissen, woran er dachte.

„Ich dachte gerade über ihre Geschenke nach", sagte er.

„Wieso, was hat sie denn gekriegt?"

„Nicht ‚ihre' Einzahl. ‚Ihre' Mehrzahl, wie in ‚kleine Mädchen'."

„Ach, du meinst das Fußballspiel."

„Und eine Taschenlampe."

„Ja und?"

„Es kommt mir einfach ein bisschen komisch vor, das ist alles."

„Inwiefern komisch?“ In Ellys Stimme lag ein Anflug von Aggression. „Weil keine Puppen oder Kochherde oder Nähetuis dabei waren?“
„Ach weißt du, das kann durchaus dabei gewesen sein, ich habe ja nicht alle Geschenke gesehen.“
„Aber das Fußballspiel macht dir Kopfzerbrechen, weil es ein *Männer*sport ist, nicht wahr?“
„Es ist heute schon zu spät für feministische Polemik.“
„Ich sag dir nur das eine“, entgegnete Elly, „wenn John Alexander alt genug ist, kaufe ich ihm eine Puppe.“
„Krieg erst mal ein Baby“, sagte Lev und drehte sich auf die Seite.
Eine halbe Stunde später war er noch immer wach und grübelte darüber nach, wo der Mann, der Weihnachten liebte, geblieben sein mochte.
Am nächsten Morgen schrieb er seinen Bericht, und Ab Peterson las ihn mit zusammengekniffenen Augen. „*Cherchez la femme*“, sagte er. „Hast du schon mal daran gedacht?“
„Ich habe daran gedacht“, sagte Lev müde.
Mittags aß er mit Sam Reddy in einem Lokal in Lewisfield und erzählte ihm von dem Fall, mit dem eigentlich *er* sich hätte befassen sollen. Wie Ab Peterson hatte auch Sam eine Theorie.
„Selbstmord“, sagte er kurz und bündig. „Diese mun-

teren Typen verbergen immer irgendetwas. Vielleicht mochte er Weihnachten in Wirklichkeit gar nicht. Vielleicht deprimierte es ihn."

„Aber wo ist dann die Leiche?"

Sam zuckte mit den Achseln. „Wie wär's mit dem Reservoir? Von der Holly Road hätte er gut zu Fuß dorthin gehen können, es liegt kaum eine Meile von dort entfernt. Vielleicht trinken die Leute weiter im Süden in diesem Augenblick Wasser mit Methunegeschmack."

Er gluckste leise in seinen Kaffee, ganz unbeeindruckt von Levs angeekeltem Gesichtsausdruck.

Lev fuhr nicht mit Sam ins Präsidium zurück, sondern ließ sich in Dayton vor McReadys Spielzeuggeschäft absetzen. Er hatte Amandas nicht funktionierendes Spiel bei sich und präsentierte es dem Mann hinter dem Ladentisch.

„Was ist los damit?"

„Abgesehen davon, dass es nicht funktioniert, nichts."

Das Benehmen des Mannes ähnelte dem eines ruinierten Pfandleihers.

„Haben Sie einen Kassenzettel?"

„Nein", sagte Lev. „Jemand anders hat es gekauft."

„Wie soll ich dann wissen, dass es hier gekauft wurde?"

„Ich gebe Ihnen mein Wort", entgegnete Lev. Zu seiner

Ehre sei gesagt, dass er nicht seine Dienstmarke für sich bürgen ließ.
„Ich weiß nicht", sagte der Mann. „Es kostet schließlich 49,50 Dollar. Ich bin schon öfter reingelegt worden. Wenn Sie's mir beweisen, gebe ich Ihnen ein anderes."
„Ach, zum Teufel", sagte Lev und langte nach seiner Brieftasche. Dann besann er sich eines anderen und sagte: „Vielleicht ist mit einer Kreditkarte bezahlt worden. Könnten Sie nicht mal nachsehen? Der Name ist Methune, Barry Methune."
„Können Sie ihn beschreiben?"
Lev tat sein Bestes. Zu seiner Genugtuung nickte der Ladenbesitzer schließlich.
„O ja, ich glaube, ich kenne den Typ. Ich glaube, er war letzte Woche hier. Ich schaue mal nach."
Fünf Minuten später kam er zurück – mit einer Rechnung für ein elektronisches Fußballspiel, eine Minitaschenlampe und zwei Captain-Wango-Strahlenpistolen.
„Ich bin sicher, es ist der Typ, der diese Sachen hier gekauft hat. Das Ganze hat nur einen Haken. Er heißt nicht so, wie Sie gesagt haben. Sein Name ist Munsey, Benjamin Munsey. Seh'n Sie selbst."

Er reichte Lev das Rechnungsformular, und trotz der blassen Durchschrift waren Name und Unterschrift deutlich genug. Munsey, Benjamin Munsey. Lev schüttelte den Kopf. „Das ist er nicht“, sagte er. „Irrtum.“ Aber trotzdem sei er davon überzeugt, dass das defekte Spiel hier gekauft worden sei. Er wolle Ersatz, und er verliere langsam die Geduld. Er habe Wichtigeres zu tun, sagte er. „Und wenn Sie’s genau wissen wollen, ich bin Polizist.“ Er seufzte, als er das sagte – es verstieß gegen ein Prinzip. Aber es wirkte. Der Ladenbesitzer zuckte mit den Achseln und gab ihm ein funktionierendes Exemplar des elektronischen Fußballspiels.

„Und ich sage immer noch, dass es der Bursche ist“, grunzte er. „Um Weihnachten rum kommt er drei-, viermal hierher, und probiert alles Mögliche aus. Der Typ ist ein richtiger Weihnachtsfreak.“

Levs Hand erstarrte auf der Türklinke.

„Könnte ich die Rechnung noch mal sehen?“

Die Unterschrift war eindeutig, *Benjamin Munsey.* Die Adresse war 18 Skyblue Lane, Sycamore Village, eine

Vorstadtenklave ungefähr dreißig Meilen nördlich von Dayton.

„Danke“, sagte er.

Er stand auf dem Bürgersteig und dachte über diese sicher zufällige Übereinstimmung nach. Zwei Männer sahen gleich aus und liebten Weihnachten. Warum schließlich nicht? Zwei Männer sahen gleich aus, liebten Weihnachten und kauften fast die gleichen Spielsachen. Durchaus möglich.

Zwei Männer sahen gleich aus, liebten Weihnachten, kauften die gleichen Spielsachen und hatten dieselben Initialen.

Er fand eine Telefonzelle und rief Pola Methune an.

„Haben die Kinder *was* gekriegt?“, sagte sie.

„Strahlenpistolen“, sagte Lev. „Captain-Wango-Strahlenpistolen, was immer das ist.“

„Umbringen konnte ich diesen Captain Wango!“, sagte Pola grimmig. „Dieses summende Geräusch macht mich wahnsinnig. Wenn Sie mich fragen, man sollte überhaupt keine Pistolen für Kinder herstellen!“

Lev war schon im Begriff, die Zelle zu verlassen, aber dann besann er sich anders. Er fragte die Auskunft nach einer Nummer in Sycamore Village und wählte sie. Es antwortete eine niedergeschlagene Frauenstimme, die ängstlich wurde, als er erklärte, wer er sei.

„Nein, es ist alles in Ordnung“, sagte er schnell. „Ich würde Ihnen nur gern ein paar Fragen stellen. Reine Routineangelegenheit“, und fragte sich dabei, wie oft in einer Woche er diesen Ausdruck benutzte.
Er ließ ihr keine Zeit zu protestieren, sondern hängte auf und führte schnell hintereinander noch drei Gespräche: eins mit dem Präsidium, eins mit zu Hause und eins mit der Taxizentrale von Dayton.
Eine dreiviertel Stunde später gelang es dem Taxifahrer, die Skyblue Lane zu finden, eine unbefestigte Straße, die versuchte, sich vor dem wild wachsenden Verkehr der Gegend zu verstecken. Nummer 18 war das dritte Haus auf der linken Seite, zwei Stockwerke aus Backstein und Putz, doppelt so alt und so groß wie das Haus der Methunes in Lewisfield.
Aber eine Ähnlichkeit war zumindest vorhanden. Weihnachtliche Lichterketten zeichneten die Konturen des Hauses nach, liefen von seinem breiten Schornstein über das schräg abfallende Dach an allen vier Ecken hinab und säumten sämtliche Türen und Fenster. Nachts würde das Haus wie eine in bunten Lämpchen ausgeführte Skizze aussehen. Auf dem Rasen stand zwar kein Plastikschlitten, dafür aber ein überdimensionaler Weihnachtsmann, der den Vorübergehenden zuwinkte.

Lev stellte noch einen weiteren Vergleich an, als Mrs. Benjamin Munsey die Tür öffnete. Sie war größer und kräftiger als Pola Methune, aber trotzdem glaubte er, um die Augen herum eine gewisse Ähnlichkeit zu entdecken. Später wurde ihm klar, dass es eher eine Frage der Wirkung als der Physiognomie war. Beide Frauen hatten Tränen vergossen, und das in reichlichem Maße.

„Es ist wegen meines Mannes, nicht wahr?“, sagte sie, noch ehe er im Haus war. „Ihm ist etwas zugestoßen! Sie wollten es mir am Telefon bloß nicht sagen!“

„Nein“, sagte Lev. „Das ist nicht der Grund, weshalb ich hier bin, bestimmt nicht.“

„Ich habe schon daran gedacht, die Polizei anzurufen“, sagte sie. „Aber dann denke ich wieder, dass er bestimmt jeden Augenblick durch die Tür kommt oder dass das Telefon klingelt und er mir sagt, dass er irgendwo stecken geblieben ist. In Illinois tobt gerade ein Schneesturm, wissen Sie, und er hat Kunden in Chicago …“

„Mrs. Munsey, wollen Sie damit sagen, Ihr Mann sei verschwunden?“ Mit Mühe verschluckte er das Wörtchen „auch“.

„Er versprach, einen Tag vor Weihnachten zurück zu sein, aber er ist nicht aufgekreuzt! Ich habe in seinem Büro angerufen, aber der Mann, der für ihn arbeitet, war nicht anwesend, war auf Tour, wie seine Sekretärin sagte. Und sie war nur zur Aushilfe da und hatte nicht die geringste Ahnung."

Dann war es also kein Verschwinden, dachte Lev, sondern ein Nichterscheinen.

„Vielleicht hätten Sie wirklich die Polizei anrufen sollen. Ihr Mann könnte doch zum Beispiel einen Unfall gehabt haben."

„Ich wollte mir das einfach nicht vorstellen!", sagte sie und presste die Hand auf den Mund.

„Nicht Heiligabend. Das wäre einfach zu furchtbar. Ben liebte Weihnachten so sehr!"

„Darf ich bitte hineinkommen?", fragte er ernst.

Sie führte ihn ins Haus, und sein Blick wurde von den weihnachtlichen Attributen allüberall magisch angezogen. In der Diele ein übergroßer Kranz, Stechpalmen- und Mistelzweige an allen Wänden, ein Arrangement weißer Zweige vor dem prunkvollen Kamin und in dem hohen Wohnzimmer ein Weihnachtsbaum von mindestens vier Metern. Auch hier ein Durcheinander ausgepackter Geschenke, obwohl das Einwickelpapier bereits fortgeräumt worden war.

Am Fuß des Baumes befand sich jedoch ein Trümmerfeld anderer Art, und Lev musste zweimal hinsehen, um sich zu vergewissern, dass ihn seine Augen nicht getäuscht hatten. Es schien der Schauplatz eines Massakers im Spielzeugland zu sein. Da lagen ausgerissene Arme und Beine, ein Puppenkopf mit rausgepulten Augen, ein anderer, dessen Augen zwar noch heil waren, der aber noch grotesker aussah, da er seinen eigenen zerfetzten und verstümmelten Torso anstarrte. Die Frau musste Levs Gesichtsausdruck gesehen haben, denn sie sagte:

„Das war Michael." Ihre Stimme klang traurig. „Seit zwei Tagen ist er außer Rand und Band; ich bin sicher, es hängt damit zusammen, dass sein Vater nicht da ist."

„Ist Michael Ihr Sohn?"

„Ja. Er ist erst sechs, aber er kann sehr jähzornig werden. Weiß der Himmel, woher er das hat. Von mir bestimmt nicht, oder von Ben, obwohl mein Vater mit Gegenständen geschmissen hat, wenn er wütend war."

„Wollen Sie damit sagen, dass Ihr kleiner Sohn – das hier angerichtet hat?" Er deutete mit dem Kopf auf das Massaker.

„Ja. Es war wohl so was wie der letzte Tropfen, der das Fass zum Überlaufen bringt. Kein Weihnachtsmann, sein Daddy nicht da und dann noch diese Geschenke. Ich bin sicher, es handelt sich dabei um ein Versehen. Wahrscheinlich hat Ben die Geschenke telefonisch bestellt, und das Geschäft hat bei der Lieferung etwas durcheinandergebracht. Ich meine, Zwillingspuppen – und dann noch Mädchen! Michael ist völlig ausgerastet, als er sie sah. Es ist ja wirklich erstaunlich. Es muss das Fernsehen sein, durch das Kinder diese Machohaltung lernen."

„Was hatte er denn zu Weihnachten wirklich haben wollen?", fragte Lev vorsichtig. „Vielleicht ein Fußballspiel? Strahlenpistolen?"

„Ich weiß es nicht", sagte die Frau. „Er war so schlechter Laune nach dem Streit mit seinem Vater. Er hatte nämlich verkündet, es gäbe gar keinen Weihnachtsmann… Ich habe Ben gesagt, er solle es nicht so schwernehmen. Früher oder später finden die Kinder doch die Wahrheit heraus. Sie erfahren sie auf der Straße, meinen Sie nicht auch?"

„Ja, wahrscheinlich."

„Voriges Jahr noch hatte Michael für den Weihnachtsmann Milch und Kekse hingestellt. Dieses Jahr weigerte er sich. Ich meine, er versuchte nicht einmal, uns zuliebe so zu tun als ob, wie andere Kinder es manchmal machen. Ben hat sich so darüber aufgeregt, dass er in der Nacht nicht schlafen konnte. Wie ich schon gesagt habe, er liebt Weihnachten über alles."

„Mrs. Munsey", sagte Lev, „hätten Sie wohl zufällig ein Bild von Ihrem Mann?"

„Komisch, dass Sie mich das fragen", sagte sie. „Das ist etwas, was ich Jahr für Jahr auf meinen Weihnachtswunschzettel setze und nie kriege. Einen Fotoapparat, meine ich. Es gibt von uns einfach keine Familienfotos. Ben hasst es, fotografiert zu werden …"

„Dann können Sie ihn mir vielleicht beschreiben?"

Mrs. Munsey beschrieb ihn.

Zehn Minuten später, als Lev wieder an der Haustür stand, fiel es der Frau ein, nach dem Zweck seines Besuches zu fragen.

„Reine Routineangelegenheit", sagte Lev.

Er versprach, wieder von sich hören zu lassen, und bat sie, ihn entweder im Präsidium oder zu Hause anzurufen, sobald ihr abtrünniger Gatte sich meldete.

Er rechnete nicht mit ihrem Anruf.

Lev hätte jetzt zum Präsidium zurückfahren können, um seinen Bericht zu schreiben. Ab Peterson, der Klatsch liebte, hätte seine Freude daran gehabt. Und Sam Reddy wäre enttäuscht gewesen, dass ihm so ein pikanter Fall entgangen war. Beide Reaktionen hätten ihm vielleicht Befriedigung verschafft, aber Lev musste zuerst mit Elly reden.

Zu Hause traf er sie am Küchentelefon an und hörte sie sagen: „Oh, ungefähr alle fünfzehn bis zwanzig Minuten."

„Was alle fünfzehn Minuten?“, fragte er besorgt.
„Ich erkläre gerade Fawn Cohen, wie man einen Puterbraten mit Fett begießen muss.“
„Ach so.“
Dann erzählte er ihr von seinem Tag. Ihre Augen und ihr Mund bildeten drei perfekte O, als sie begriff, worauf er hinauswollte.
„Bist du dir absolut sicher, Lev?“
„Die Beschreibung seines Aussehens passt, die Charakterbeschreibung passt, selbst die Berufsbeschreibung passt. Barry Methune besitzt eine kleine Firma für Ärztebedarf in Dayton. Ben Munsey besitzt eine völlig andere Firma für Ärztebedarf, ebenfalls in Dayton. Beide beliefern denselben Kundenkreis mit unterschiedlichen Produkten.“
„Du meinst, er habe sein Leben einfach … in zwei Teile gespalten?“
„Das musste er schon, wenn er zwei Haushalte unterhalten wollte. Über Weihnachten arbeitet er nie, sondern überlässt es jemand anderem, sich um die Kunden zu kümmern. Die Weihnachtsvorbereitungen trifft er immer in beiden Häusern, aber den Weihnachtstag selbst verbringt er mal in der Holly Road und mal in der Skyblue Lane. Dieser Mann liebt Weihnachten so sehr, dass er jedes Jahr zwei davon haben muss.“

„Aber was ist dieses Jahr passiert? Wieso ist er verschwunden?“

„Er war offensichtlich am Ende seiner Kraft. Er wurde zerstreut. Er verwechselte seine Adressen, seine Kinder, die Weihnachtsgeschenke. Sein Sohn bekam die Geschenke, die den Mädchen zugedacht waren, die Mädchen die Geschenke für den Jungen. Er hatte die Situation einfach nicht mehr im Griff.“

„Und deshalb ist er von seinen *beiden* Leben weggelaufen.“

„Und wir haben jetzt einen noch triftigeren Grund, nach dem Burschen zu suchen. Er hat ein Verbrechen begangen. Bigamie.“

„Lev Walters“, sagte Elly, „du bist ein guter Detektiv.“

„Danke“, erwiderte er selbstgefällig.

„Trotzdem hast du nicht entdeckt, dass ich gelogen habe. Fawn Cohen hat in ihrem ganzen Leben noch keinen Puter gebraten. Ich habe vorhin mit Dr. Ramirez telefoniert.“

An die nächste halbe Stunde konnte sich Lev später nicht mehr erinnern. Aber irgendwie hatte er es geschafft, Ellys Sachen zusammenzuraffen, Elly ins Auto zu packen und sie gerade noch rechtzeitig im Krankenhaus abzuliefern – eine Stunde bevor er der Vater von John Alexander Walters wurde.

Sie sah verschwitzt, aber wunderschön aus, als er sie wieder zu Gesicht bekam, so als habe sie den Marathonlauf gewonnen.

„Ich bin bloß froh", sagte er, „dass Alex nicht Silvester zur Welt gekommen ist. Er wäre mit dem Gefühl aufgewachsen, dass alle Partys nur für ihn veranstaltet würden."

„Hast du ihn schon gesehen?"

„Ja", sagte Lev. „Er ist hinreißend."

„Lügner. Er sieht aus wie ein hundertjähriger Pueblo-Indianer. Ich hab schon überlegt, ob ich mich nicht beim Storch beschweren sollte."

Als Lev nicht antwortete, sondern vor sich hinstarrte, zog sie an seinem Handgelenk. „He, du, hast du gehört, was ich gesagt habe?"

„Ja, sicher."

„Du warst völlig weggetreten. Worüber hast du eben nachgedacht?"

„Den Storch", sagte Lev. „Über die Art und Weise, wie der Storch die Kinder bringt. Und jetzt denke ich an etwas anderes."

Es war schon spät am Tag, als er wieder vor dem Haus der Methunes stand. Er fürchtete diesen Besuch noch mehr als den letzten, als er gezwungen gewesen war, Mrs. Methune die schlimme Nachricht vom Doppelleben ihres Mannes beizubringen. Methunes Teilzeitehefrau hatte auf seine Eröffnung äußerst unfreundlich reagiert, wie auch Mrs. Munsey. Er rechnete nicht mit einem herzlichen Willkommen.

„Haben Sie ihn schon gefunden?", fragte Pola Methune eisig.

„Nein", entgegnete Lev. „Wir haben Ihren Mann nicht gefunden, Mrs. Methune. Aber ich habe da so eine Idee, wo er sein könnte."

„Ich bin ganz Ohr. Lassen Sie mir nur Zeit, ein Gewehr zu holen!"

„Erinnern Sie sich noch, was Sie mir über sein Verschwinden erzählt haben? Dass er mitten in der Nacht einfach weg zu sein schien?"

„Wahrscheinlich hat er da seiner anderen Frau einen Besuch abgestattet."

„Nein", sagte Lev. „Er war völlig verwirrt. Er wusste nicht mehr, mit *welcher* Ehefrau er eigentlich zusammen sein wollte, welche Geschenke er welchen Kindern geben wollte. Und dann könnte er noch etwas anderes durcheinandergebracht haben. Nämlich wo er vorhatte, den Weihnachtsmann zu spielen, so überzeugend zu spielen, dass ein zynisches sechsjähriges Kind wieder an ihn glaubte ..."

„Keins meiner Kinder ist sechs Jahre alt."

„Nein“, sagte Lev nüchtern, „aber Michael Munsey. Und es könnte sein, dass Ihr Mann beschloss, ihm eine überzeugende Vorstellung zu geben. Nur dass er diese Vorstellung im *falschen Haus* geben wollte.“
Er ging zum Kamin und zog den Ofenschirm und die Feuerböcke zur Seite. Dann duckte er sich und trat in die Feuerstelle. Er hoffte, dass er sich irrte, aber die Hoffnung erfüllte sich nicht. Als er hinaufgriff, in die Höhlung eines allzu engen Schornsteins, fühlte er die Sohlen zweier Gummistiefel.

Ulrich Knellwolf

Drei Könige ihrer Branche

Im Osten waren sie aufgebrochen, die drei älteren Herren, Meister ihres Fachs, die Kings der Branche. Chasp fuhr im grünen Jaguar von seinem Weingut in der Bündner Herrschaft nach Zürich, Melk im roten Lamborghini von seinem Gestüt im Thurgau und Balz im cremefarbenen Rolls aus seiner schlossähnlichen Villa mit Rundsicht über den Bodensee. Seit über einem halben Jahrhundert kannten sie einander, seit Jahrzehnten arbeiteten sie zusammen, seit Jahren jedoch beschränkten sie sich auf eins, höchstens zwei ihrer Bravourstücke pro Jahr.

Letztes Jahr der Raub im Hauptsitz der Nationalbank, der erst nach zwei Tagen bemerkt wurde, vorletztes Jahr die lautlose Entfernung der Holbeinmadonna in Solothurn und so fort, eine glänzende Perlenreihe. Der Coup in den Tagen vor Weihnachten war eine liebe, alte Tradition. Keiner von ihnen hätte ihn missen mögen.

„Ich fürchte, die schweizerischen Polizeicorps wären höchst beunruhigt, wenn er ausbliebe“, sagte lächelnd

Melk, als sie am Vorabend unter den Augen von Varlins Mutter Zumsteg standesgemäß in der ‚Kronenhalle' speisten. Er logierte im Grand Hotel Dolder, Chasp im Hotel Baur au Lac, Balz im Hotel Eden, ebenfalls au Lac.

„Letztes Jahr haben sie in der Kurdenszene gesucht", kicherte Balz in sich hinein.

„Vorletztes Jahr vermuteten sie Südostasien", fügte Chasp nicht minder vergnügt hinzu.

Die Behörden auf eine falsche Fährte zur Herkunft der Täter zu locken, war eine ihrer Spezialitäten. Dazu übten sie ausländische Akzente, verwendeten ausgesuchte Accessoires und eigneten sich charakteristische Techniken an. ‚Ethnolook' nannten sie es unter sich. Dieses Jahr war Russenmafia angesagt. Im Visier hatten sie eins der berühmten Juweliergeschäfte an der Zürcher Bahnhofstraße.

„Alles bereit?", fragte Melk in der ‚Kronenhalle' und roch an einem paradiesischen alten Cognac.

„Alles bereit", bestätigten die beiden andern.

„Dann also toi, toi, toi für morgen."

Melk, ganz der Herrenreiter in exquisiten englischen Stoffen, bestieg am Bellevue ein Taxi. Chasp, in erstklassigem bayerischem Lodengrün, schritt selbstzufrieden über die Quaibrücke, und Balz, Mailänder

Herrenmode bevorzugend, sagte, er nehme bis zur übernächsten Station das Vierertram.
Es war gegen drei Uhr am folgenden Nachmittag, als der Lieferwagen der Sicherheitsfirma sich einen Weg durch die dichte Menge der vorweihnachtlich kauflustigen Fußgänger auf der Bahnhofstraße bahnte und direkt vor dem Juweliergeschäft stehen blieb. Heraus stiegen drei Männer in blauen Overalls mit aufgedrucktem Firmenlogo auf dem Rücken, mit blauen Mützen auf dem Kopf, und verfügten sich, Reparaturkoffer tragend, eilig ins Geschäft.
„Ihre Alarmanlage ist nicht in Ordnung“, sagte der erste der Männer in gebrochenem Hochdeutsch, aber in bestimmtem Ton zum Geschäftsführer und ließ sich ins Büro führen. Kaum schloss sich die Tür hinter ihnen, räumten die zwei ändern wieselflink in kleine Jutesäcke zusammen, was in Schaufenstern und Vitrinen lag.
„Was tun Sie da?“, fragte eine Kundin empört. Die Verkäuferin drückte wortlos, wie sie es gelernt hatte, den Alarmknopf und hoffte auf die Polizei. Das Ganze dauerte weniger als drei Minuten. Kein lautes Wort, kein Schuss, keinerlei Gewalt. Nur, dass der eine der Räuber mehrmals „Towarischtsch“ zum andern sagte, registrierten die später vernommenen Zeugen. Dann kam der Geschäftsführer zurück, gefolgt vom ersten

der drei Männer. „Alles in Ordnung“, sagte dieser in seinem fremd klingenden Deutsch. „Muss ein Fehlalarm gewesen sein.“
Bei dem Stichwort „Fehlalarm“ hasteten die drei Männer aus dem Geschäft und in den Lieferwagen.
„Was soll denn das?“, fragte ahnungslos der Geschäftsführer.
„Überfall!“, kreischte eine Kundin. Die Verkäuferin drückte immer noch auf den Alarmknopf und sah aus, als werde ihr jeden Augenblick schwarz vor den Augen.
„Haltet den Wagen an!“, schrie der Geschäftsführer, rannte hinaus und stellte sich vor das Auto. Doch am Steuer saß keiner, und der Wagen stand still. Als fünf Minuten später die Polizei eintraf und den Lieferwagen untersuchte, fand sie ihn leer, bis auf drei Overalls mit aufgedrucktem Firmenlogo, drei blaue Mützen, dazu eine russische Zeitung.
„Die Kerle haben die Verkleidung abgestreift und sind auf der andern Seite wieder hinaus.

Offenbar Russen. Kann jemand brauchbare Angaben über ein Signalement machen?" Blaue Overalls mit Firmenlogo, blaue Mützen, Hochdeutsch mit Akzent, „Towarischtsch" und schwarze Schnauzbärte, lautete die einhellige Auskunft.

„Wissen Sie", ergänzte eine Zeugin, „so wie Stalin einen hatte."

„Ich sag's ja: Russen", nickte der Polizist.

Derweil spazierten drei ältere Herren gemächlich durch die Bahnhofstraße, jeder mit der Tragetasche eines exklusiven Geschäfts in der Hand und darin ein paar Jutesäcklein. Der zweite der beiden Herren schien erkältet zu sein, denn er musste sich schnäuzen. Als er das Schnupftuch aus der Hosentasche zog, fiel ein dunkler Gegenstand auf die Straße. Nummer drei hinter ihm bückte sich danach und überholte den zweiten. „Vorsicht", flüsterte er, „du hast deinen Russenschnauz verloren."

Im Hotel St. Gotthard setzten sie sich wie zufällig an einen Tisch.

„Hat ja wieder wunderbar geklappt", sagte Chasp. „Wenn ich's so überschlage, müssen es mindestens zwei Millionen sein."

„Aber fünfzehn Sekunden, bis Overalls, Mützen und Schnäuze weg und die Mäntel an sind, ist zu lang. Wir müssen intensiver trainieren", meckerte Melk.

„Wir sind nicht mehr die Jüngsten, solltest du bedenken", erwiderte Balz.
„Was man in der Rekrutenschule gelernt hat, bleibt einem bis an sein Lebensende", beharrte Melk.
„Gehen wir", sagte Chasp. „Um acht Uhr Abendessen im ‚Königstuhl'. Der Tisch ist reserviert."
Als hätten sie nichts miteinander zu tun, bummelten sie Richtung See. „Nimmt mich wunder, wie es vor dem Geschäft jetzt aussieht", hatte Balz noch gesagt und den Juwelier gemeint. Auch der still triumphierende Spaziergang am Tatort vorbei war eine Gewohnheit, die sie nicht hatten missen mögen.
Auf der Höhe des Pestalozzi-Denkmals kam ihnen auf Motorrädern die Polizei entgegen. Melk, der zuvorderst ging, wandte sich um. Die zwei andern taten desgleichen. Auch hinter ihnen war Polizei. Da verlor Melk die Nerven. Er stiefelte, so schnell es seine alten Knochen erlaubten, über die Wiese auf das Globus-Gebäude zu, gefolgt von Chasp und Balz. Vor dem Globus standen zwei Lastwagen, und am Eingang des Warenhauses hatte sich ein halbes Dutzend Nikoläuse aufgestellt. Die nahmen von den Leuten Päcklein und Pakete und Säcke entgegen. Melk streckte, als wolle er sie möglichst schnell loswerden, einem der Nikoläuse seine Tragetasche hin, Chasp und Balz ebenso. Der

Nikolaus rief: „Als Schlussbouquet noch drei Tragetaschen mit vier, sechs, sieben, acht Nikolaussäcken. Besten Dank den edlen Spendern."
Sie durften nicht rennen, wenn sie nicht auffallen wollten. Sie hörten eine Verkäuferin sagen: „Die Polizei gibt dem Transport das Geleit." Da blieben sie stehen und sahen sich um. Sie lasen das große Transparent, das zwischen den Lastwagen aufgespannt war. ‚Weihnachtshilfe für Tschernobyl' stand in großen Buchstaben darauf. Unter dem Transparent hatte sich der schönste aller Nikoläuse aufgestellt: „Liebe Spender", brüllte er ins Mikrofon, „wir danken Ihnen, dass Sie unserem Aufruf gefolgt sind und sich an der Weihnachtsaktion beteiligt haben. Sie haben uns über fünfhundert Päcklein und Nikolaussäcke gebracht. Wir werden dafür sorgen, dass sie an Weihnachten in den Händen der Leute von Tschernobyl sind. Wir danken Ihnen in ihrem Namen schon heute für Ihre Großzügigkeit. Und hiermit sage ich: Motoren anlassen und gute Fahrt!" Die Motoren brummten und, eskortiert von zwei Polizeimotorrädern vorne und hinten, setzten sich hupend und unter dem Applaus der Zuschauer die beiden Lastwagen in Bewegung. Melk, Chasp und Balz sahen zu, wie sie langsam in der Beatengasse verschwanden.

An diesem Abend, als drei ältere Herren im ‚Königstuhl‘ nach dem Dessert einen Cognac schlürften und eine Montecristo anzündeten, sagte der eine: „Ich muss zugeben, dass mich noch keine einzige unserer Weihnachtsaktionen so befriedigt hat wie die heutige. Wahrhaft meisterlich. Wir sollten uns überlegen, ob wir in Zukunft nicht jedes Mal … also, die Sache in diese Richtung, na ja, ihr wisst schon, was ich meine.“ Worauf die andern beiden nickten und glückliche Gesichter dazu machten.

Jürgen Rath

Schnee im Grunewald

Es klingelte. Schrill und lang. Walther schreckte hoch. *Wer das wohl ist? Die mobile Pflege? Nee, so früh kommen die nicht.*
Er blickte zum Radiowecker, musste ganz nahe herangehen, weil er die Brille nicht fand. – *Was, schon zehn Uhr? Wie die Zeit vergeht. Ich hab doch gerade noch hingeschaut, da war's acht. Was ist denn passiert in den letzten zwei Stunden?*
Er blickte an sich hinunter. Ach ja, er hatte das Unterhemd und die Unterhose angezogen, letztere sogar richtig herum. Gar nicht schlecht in einer so kurzen Zeit. Andere in seinem Alter liefen den ganzen Tag im Schlafanzug umher.
Wieder klingelte es, genauso schrill, aber viel anhaltender. Walther tapste zur Tür. Durch die Milchglasscheibe erkannte er die Umrisse eines kleinen Mannes. „Ach nein", brummte er, „der Herr Schwiegersohn. Was will denn dieser Affe hier?" Aufreizend langsam drehte er die drei Schlüssel herum und löste die Sperrvorrichtung an der Tür. „Was willst du?"

„Guten Morgen, Opa. Ich will dich abholen."
„Opa? Ich geb dir was mit ‚Opa'! Ich bin nicht dein Opa. Und Enkel habe ich auch nicht, ihr habt ja keine hinbekommen."
„An mir hat es nicht gelegen", antwortete der Mann scharf.
Walther tastete mit den Händen an der Kommode entlang, riss das Telefon herunter, es störte ihn nicht. In der Küche strich er über die Arbeitsplatte, wieder polterte es. Das war die Brille, jetzt lag sie im Spülbecken. Endlich konnte er Harald deutlicher erkennen mit seinem schmalen Kopf, der langen Nase und dem fliehenden Kinn.
Ekelhafter Kerl! Wie konnte sich meine Tochter nur in so 'ne halbe Portion verlieben? Und dann hat se auch noch sein Namen angenommen: Birgit Terpe, Kreuzberger Adel. Der schreibt sich ja jetzt mit 'nem Akson irgendwas: Terpé. Macht ihn aber auch nicht größer. Terpeee!
„Ich habe dich nicht hergebeten."
„Ich will dich abholen. Bald ist Weihnachten."
„Weihnachten? Jetzt schon?"
„Ich habe wieder einen Heimplatz bekommen. Kurzzeitpflege, nur über die Feiertage."
Walther fröstelte in seinem Feinripp-Trägerhemdchen. Er rieb sich über die schlaffen Armmuskeln.

„Heimplatz? Ich brauche keinen Heimplatz. Ich wohne hier."
„Im Heim wirst du gut betreut über die Feiertage. Letztes Jahr warst du sehr zufrieden damit."
„Ich brauche keine Betreuung. Ich komme allein zurecht."
Harald packte ihn unvermittelt am Handgelenk und zerrte ihn in den Flur hinaus. „Schau her! Die mobile Pflege hat diese Schilder an die Türen geklebt. Hier: ‚WC', da: ‚Wohnzimmer' und dort: ‚Schlafzimmer'."
Was die alles an meine Türen schreiben. Ob ich denen das erlaubt hab? „Warum steht das da?"
„Weil du verwirrt bist. Du findest dich nicht mehr allein zurecht."
Der kleine Mann kam ihm näher, schnupperte mit angeekeltem Gesicht.
„Außerdem riechst du nach Pipi."
„Ich rieche überhaupt nicht nach Pipi!"
„Nein, du riechst nicht, du stinkst bestialisch."
Höflichkeit musst du noch lernen, Junge. „Du brauchst nicht so zu schreien, ich höre sehr gut."
Das war gelogen. Er hörte nicht mehr gut, jedenfalls nicht auf dem rechten Ohr. Nur noch 20 Prozent, hatte der Ohrenarzt gesagt. Dafür höre ich auf dem anderen Ohr viel besser, hatte er dagegen gehalten. Ich kann die

Flöhe husten hören, wahrscheinlich habe ich dort 200 Prozent. Ich kann nur bis 100 Prozent messen, mehr geht nicht, hatte der Arzt gesagt.
„Wir müssen los“, drängte Harald, „soll ich dir beim Anziehen helfen?“
„Fass mich nicht an!“
Es dauerte. Endlich war Walther angezogen. Doch noch konnten sie nicht losgehen, der Zahnersatz war verschwunden. Gemeinsam suchten sie. Sie fanden das Gebiss in der Bio-Tonne.
„Schmeckt nach Rosenkohl“, sagte Walther.
„Also los jetzt!“
Walther wollte etwas erwidern, der Zahnersatz fiel auf die untere Zahnreihe. „Ich geh nicht mit einem klappernden Gebiss auf die Straße.“ Er nahm es aus dem Mund, leckte es sorgfältig ab, tropfte Haftcreme auf die Gaumenplatte, setzte das Gebiss wieder ein, wartete, „Frag mich was.“
„Können wir jetzt los?“
Walther strahlte. „Jetzt klappert es nicht mehr.“
„Wo steht dein Auto“, fragte Walther, als er vor der Tür stand.
„Ich habe um die Ecke geparkt. Hier ist ja nie etwas frei.“
Walther schaute die Straße hinunter. Da stand nur der Wagen von dem Nachbarn.

Der Weg zum Auto war beschwerlich. *Dass die Gehwegplatten so stümperhaft verlegt sind, ich komm ja kaum über die Kanten weg. Ich wünsche niemandem meine Zuckerfüße.* Im Auto nahm er seinen Stock zwischen die Beine und lehnte sich erschöpft zurück.

„Seit wann brauchst du einen Stock?“, fragte Harald, während er sich in den Verkehr einreihte.

„Ich brauche keinen. Den nehme ich nur aus taktischen Gründen mit.“

„Taktische Gründe?“

„Ja, doch. Wenn ich beim Bäcker in der Schlange stehe und mich auf den Stock stütze und laut stöhne, dann lassen die mich fast immer vor.“

Der Mann schaute anerkennend. „Du bist ja ein ganz Abgebrühter!“

„Nützt mir leider nicht viel. Wenn ich dann vorne stehe, habe ich meist vergessen, was ich will.“

Sie fuhren den Kaiserdamm entlang, Walther betrachtete die vorbeiziehenden viktorianischen Häuser.
„Wohin fahren wir?"
„Nach Wilmersdorf. In den Grunewald."
Grunewald? Da war ich doch immer mit meinen Eltern. Auf'm Teufelsberg, zum Schlittenfahren. „Im Grunewald gibt es kein Altersheim!"
„Doch, gibt es. Wann warst du das letzte Mal im Wald?"
„Muss schon ein paar Tage her sein."
„Eben."
Am Messegelände blickten beide zum Funkturm hin.
„Du hast was vergessen", sagte Harald.
„Was vergessen?"
„Hier flötest du doch immer den alten Werbespruch: ‚Wir sehen uns wieder, unterm Funkturm, in Berlin'."
Er versuchte, seiner Stimme den piepsigen Klang der damaligen Sprecherin zu geben.
„Den Spruch verkneif ich mir inzwischen. Ist ja keiner mehr da, den ich wiedersehen will." *Außer Birgit natürlich. Meine Birgit!* „Warum ist Birgit nicht mitgekommen?"
Harald war so überrascht, dass er das Steuer verriss. Von der Nebenspur hupte es empört. Dann hatte er das Auto wieder unter Kontrolle.

„Ach, weißt du, die wartet im Heim. Da muss einiges an Papierkram erledigt werden.“
Walther grübelte. Es gab so viele Gänge in seinem Gehirn, so viele Verzweigungen, alle angefüllt mit Erinnerungsmüll, welcher Gang war der richtige? Und dann diese Quergänge, die brachten alles durcheinander. In einem der dunklen Gänge sah er Birgit als kleines Mädchen mit Zöpfen, in einem anderen war ein schrecklicher Autounfall, alles voller Blut! Hatte dieser sonderbare, unaufgeklärte Unfall etwas mit seiner Tochter zu tun? Oder war das jemand anderes?
Plötzlich schreckte er hoch. „Ich habe keinen Schlafanzug dabei. Und keine Zahnbürste.“
Harald blickte konzentriert nach vorne. „Keine Panik! Ist alles hinten im Kofferraum.“
Die Straße schwenkte nach Süden. Auf der Avus wechselte Harald auf die linke Spur und trat das Gaspedal durch. Der Wagen heulte auf, die Landschaft raste an Walther vorbei.
„Eine riesige Kiste fährst du“, sagte er. „Sieht reichlich teuer aus.“
Der Mann fuhr liebevoll über das Lenkrad, seine Augen funkelten. „Ein tolles Auto, nicht wahr? 240 PS, 16 Ventile. Hast du die fantastische Beschleunigung

gespürt? Dieses Auto habe ich mir schon immer gewünscht."

„Kannst du dir so etwas überhaupt leisten? Du bist doch immer pleite."

„Kümmere dich um deine Sachen, Alter!" Harald schaute zornig herüber. Doch dann lächelte er selbstgefällig. „Ich arbeite gerade an einem großen Projekt. Bin fast am Ziel. Dann fließen die Gelder."

Erzähl mir was, das glaubt doch keiner. Aber was kümmert mich das. Ich hab mein Häuschen. Und mein Geld auf der Bank. Das wird Birgit erben. Hoffentlich gibt sie dem Versager nichts ab.

Sie verließen die Avus am Hüttenweg, fuhren jetzt durch den Wald. An einer Biegung schwenkte der Mann in einen schmalen Pfad ein. Hier, zwischen den Bäumen, war es fast dunkel.

Kein Schnee! Das würde den Dezember heller machen. Als Kind hatte ich immer Schnee an Weihnachten. Immer! Aber es ändert sich ja so viel in der letzten Zeit. Er schloss die Augen.

Irgendwas stimmt hier nicht. Ein Altersheim im Grunewald, sehr merkwürdig. Und im letzten Jahr soll ich auch schon im Heim gewesen sein, kaum zu glauben. Doch, jetzt erinner ich mich. Wie war das noch gleich? Da gab's einen Aufenthaltsraum. Vorhof zur Hölle

hab ich den genannt. Nur alte Frauen im Saal, welk und zerknittert wie weggeworfenes Papier. Quatschten den ganzen Tag immer über das Gleiche, ihre Krankheiten, du meine Güte. Da gab's auch welche, die hingen nur in ihren Rollstühlen rum und rührten sich nicht. Und dann war da die eine, die stieß ständig so 'nen durchdringenden Schrei aus, da konnte man das Fürchten kriegen. Mich hat's nicht gestört, ich hab ja immer nur aus dem Fenster geschaut.
Er betrachtete die Bäume. Nach Altersheim sah es hier nicht aus.
War ich wirklich dort? Oder hab ich nur Karl besucht? Warum kann ich mich nicht erinnern?
Über diesen Gedanken schlief er ein. Und träumte. Er saß im Zug, der durch die Nacht raste. Plötzlich wurden die Gleise enger, der Wald rückte näher, der Zug sprang aus den Schienen, er rumpelte und schwankte über die Schwellen. Rumpeln war ganz schlecht für seine Blase. Er musste zur Toilette, doch die Tür war abgeschlossen. Er ging auf und ab, kniff die Beine zusammen, dachte an eine trockene Wüste, das half immer. Endlich ging die Tür auf. Er schaffte es gerade noch auf die Brille, dann stöhnte er erleichtert auf.
Der Wagen rollte auf eine Lichtung. Walther schlug die Augen auf. Es war warm im Wagen, die Heizung funk-

tionierte gut. Und doch fühlte er sich unwohl. Er schaute an sich herunter. Über der Hose und den Beinen hatte sich ein großer, dunkler Fleck ausgebreitet. Der war warm und nass.

„Ich habe mir in die Hose gemacht."

Harald fuhr konzentriert, suchte offenbar den Weg. Plötzlich trat er auf die Bremse.

„Was hast du gemacht?"

„Pampers vergessen!"

Mit einem Satz war Harald aus dem Wagen. Er rannte auf die andere Seite, riss die Tür auf, schaute ungläubig. Dann griff er nach dem alten Mann, riss ihn vom Sitz, stieß ihn mit dem Kopf gegen den Holm.

Beide schauten auf den großen Fleck, der sich auf dem Beifahrersitz ausgebreitet hatte. Im Fußraum hörten sie es tropfen. „Mein Auto!", schrie Harald, „Mein schönes, neues Auto. Gerade eingefahren und schon ruiniert. Ich halt das nicht aus!"

Er fuchtelte mit den Fäusten vor Walthers Gesicht herum. „Dafür wirst du bezahlen, du verkalkter Trottel. Ich hätte nicht übel Lust, dich zusammenzuschlagen."

„Vielleicht können wir es auftupfen?"

„Auftupfen? Bist du nicht bei Trost? Das stinkt noch jahrelang!" Der Mann stapfte vor dem Wagen hin und

her, weißer Atem stand vor seinem Gesicht. Er hatte das Kinn drohend vorgereckt und stieß wütende Flüche aus.
Walther tastete sich mit dem Stock über den unebenen Waldboden zum Heck des Wagens. *Legt Birgit nicht immer eine Rolle Küchenkrepp in den Kofferraum? Für alle Fälle, hat sie gesagt. Wenn man Apfelsinen gegessen hat oder mal in die Büsche muss.* Er fingerte am Kofferraumdeckel herum. Sie war nicht aufzukriegen, diese merkwürdige Klappe. *Das war früher praktischer, da gab es einen Griff, den musste man nur drehen.*

Er fuhr mit seiner Hand an der Kante entlang, auf der Suche nach einem versteckten Griff. Plötzlich sprang die Heckklappe auf, fast hätte sie ihm die Brille von der Nase gerissen. Er schaute in den Kofferraum.
Der war leer. Keine Küchenrolle da, nur eine Zeitung. *Das geht auch, die saugt gut.* Als er die Zeitung hochnahm, lag da eine Pistole. *Merkwürdig, 'ne Pistole im Auto. Ist dieser Mensch jetzt unter die Jäger gegangen? Nein, Jäger schießen mit Gewehren. Vielleicht ist er im Sportverein. Doch dürfen die ihre Pistolen ins Auto legen?*
Walther nahm die Waffe. Sie war schwerer als vermutet, er hatte noch nie eine Pistole in der Hand gehabt. Im letzten Krieg war er noch zu klein und danach wollte niemand etwas von Pistolen wissen.
Vorne im Wagen rumpelte es. Harald fluchte gotterbärmlich. Es sah aus, als wollte er den Beifahrersitz nach draußen zerren.
Plötzlich fühlte sich Walther am Hals gepackt. „Lass die Knarre liegen, Tattergreis! Du könntest dich verletzen."
Walther entwand sich dem Griff. Er blickte auf die Waffe, warf sie dann in den Kofferraum zurück, wo sie bis zur Rückenlehne schlidderte. „Hast du immer eine Pistole im Kofferraum?"

„Normalerweise nicht, du Trottel. Ich könnte in eine Verkehrskontrolle kommen. Aber heute brauche ich sie."
„Wozu?"
Der Mann schaute ihn kalt an. „Um dich zu erschießen, natürlich."
Walther lehnte sich gegen das Heck des Autos. „Ach, ja?"
Erschießen hat was mit Tod zu tun: Mein Tod, das unbekannte Wesen. Ein schöner Satz, wo habe ich den nur gelesen?
Sein Blick schwenkte über die Lichtung. *Vielleicht gar nicht so schlecht, hier zwischen den Bäumen zu sterben. Soll ja recht schnell gehen mit 'nem Loch im Kopf. Auf jeden Fall besser, als im Altersheim totgepflegt zu werden. Aber leider liegt kein Schnee, mit Schnee würde 's mir besser gefallen.* „Wieso willst du mich erschießen?"
Die gelassene Reaktion beunruhigte den Mann. Er reckte den Kopf nach links und rechts, spähte durch die Bäume.
„Weil ich dich beerbe. Du glaubst doch nicht, dass ich dein Geld und dein Haus für die Pflege draufgehen lasse. Dein Geld gehört mir!"
„Nein, mein Geld gehört Birgit."
„Birgit ist schon lange tot."

Hatte ich doch Recht! Sie ist tot, gestorben beim Autounfall. Oder doch nicht? Welcher Gang ist der richtige? So viel verschüttet. Ist sie nicht an Brustkrebs gestorben?

„Mein Geld bekommst du nicht", sagte Walther kühl. „Das habe ich dem Roten Kreuz vermacht." *Stimmt das? Hab ich 'n Testament gemacht? Na egal, er soll noch 'n bisschen zittern um den Lohn der Arbeit.*

Harald Terpé zuckte gleichmütig mit den Schultern. „Die Hälfte steht mir gesetzlich zu. Das reicht." Er drängte Walther unsanft zur Seite. Dieser stieß dabei heftig mit dem Kopf gegen die geöffnete Klappe. Das schmerzte. Harald beugte sich in den Kofferraum, um nach der Pistole zu greifen.

Ich will noch nicht in die Kiste. Ich will erst sterben, wenn es schneit. Ich möchte mit Schnee bedeckt sein.

Harald Terpé kam nicht an die Pistole ran, sie lag zu weit hinten. Er beugte sich weiter in das Auto hinein. Walther schaute interessiert zu, eine Hand auf der blutenden Stelle am Kopf, die andere an der Klappe. Der Mann verlor den Halt auf dem nassen Waldboden, er hing halb drinnen, halb draußen und strampelte mit den Füßen.

Walther schüttelte ungläubig den Kopf. *Ein wirklich dummer Mensch, dieser Terpé. Wie kann einer nur so stümperhaft arbeiten? Ist wohl sein erster Mord.* Er zog an der Klappe. Nach einem leichten Widerstand fiel sie schwer nach unten.

Aus dem Kofferraum kam ein Aufstöhnen, dann ein wüster Fluch. Der Mann drückte von unten gegen das Blech. Er schaffte es, mit dem Rücken nach draußen zu kommen.

Walther lehnte sich jetzt mit seinem Gewicht auf die Klappe, das war nicht wenig. Er wollte hinaufsteigen, doch es gelang ihm nicht. Erst als er die Beine und den Rücken seines Schwiegersohns als Stütze benutzte, konnte er sich auf das Heck des Wagens setzen. Mit mäßigem Interesse schaute er auf den Mann hinunter, dessen Kopf im Kofferraum steckte und dessen Hals von der Metallkante immer mehr zusammengequetscht wurde. Die Hände hatte er noch aus dem Kofferraum bekommen, doch die wischten nur fahrig durch die Luft.

Walther wartete, bis sich der Mann nicht mehr bewegte. Vorsichtshalber blieb er danach noch eine Weile auf der Kofferraumklappe sitzen und schaute in den Wald. Schließlich kletterte er herunter. Er blickte zu Boden. Wo sie hergekommen waren, konnte er an den Reifenspuren erkennen. Schwer auf seinen Stock gestützt, machte er sich auf den Rückweg.

Vielleicht schaffe ich es bis zur Avus, vielleicht auch bis nach Hause. Aber warum sollte ich eigentlich zurückkommen? Birgit ist tot, die braucht mich jetzt nicht mehr.

Es begann zu schneien. Erst wenig, dann immer stärker …

Regine Röder-Ensikat

Gier

„Süßer die Glocken nie klingen als zu der Weihnachtszeit“, von klaren, hellen Knabenstimmen gesungen, lockt Uwe Pfeifer an das Wohnzimmerfenster seiner Altbauwohnung. Von hier aus hat er einen wunderbaren Ausblick auf den Gendarmenmarkt. Er liebt die geschichtsträchtige Kulisse, von der schon Goethe schwärmte und in Knüttelversen pries: „Prophete links, Prophete rechts, das Weltkind in der Mitten“. Pfeifer sieht das Schauspielhaus, eingerahmt vom Französischen und vom Deutschen Dom. Er liebt diesen Platz, diese Gegend, auch unter einem kulinarischen Aspekt. Für ihn, den Viel- und Gutesser ein märchenhaftes Umfeld. Im Café Möhring frühstückt er und lässt sich oft nach einem langen Arbeitstag im Restaurant Lutter und Wegener mit Köstlichkeiten der internationalen Küche und deliziösen Weinen verwöhnen.

Alle Jahre wieder wird unter seinem Fenster der schönste Weihnachtsmarkt der Stadt aufgebaut. Düfte von Zimt, Anis, Glühwein und gebrannten Mandeln füllen die Luft und schweben zu ihm hinauf in den dritten Stock seiner Wohnung und locken ihn täglich in das Schlaraffenland. Schwedische Elchsteaks, französische Spezialitäten wie Crêpes, Käse und Trüffel, auch holländische Poffertjes, Nürnberger Lebkuchen und Bratwürste aus deutschen Landen kostet er dann und genießt.

Ganz bewusst hat Uwe Pfeifer sich jetzt, in der Adventszeit, für eine Abmagerungskur entschieden. Zu genau kennt er seine Schwächen. Er muss seiner Völlerei entfliehen, denn er ist dick, sehr dick und felsenfest entschlossen, abzunehmen. Ein schwerer Entschluss, wie er aus Erfahrung weiß, denn schon viele Male haben qualvolle Diäten nie das gewünschte Ergebnis gebracht. Sie endeten immer so, dass er, meist ein umgänglich heiterer Junggeselle, in tiefe Depressionen fiel.

Für eine Diät in den eigenen vier Wänden ist die Vorweihnachtszeit so gar nicht geeignet, aber in diesem Jahr will er seine Genusssucht bändigen.

Er hat sich eine Klinik im Berliner Bezirk Zehlendorf ausgesucht. Hier wird nach dem Motto „Schlank macht glücklich" eine ganzheitliche Behandlung angeboten, eine Erfolg versprechende Lösung seiner Probleme: Heilfasten mit Säften und Kräutertees, Gymnastik und Massagen, ein vielseitiges Programm. In einer Villa am kleinen Wannsee, umgeben von einem Park mit alten Buchen und Kiefern, die bis zum Wasser reichen, weitab von den vielen Weihnachtsmärkten, hungert er nun seit einer Woche nach der dürftigen Gemüse- und Säftekur von Frau Doktor Elisabeth Schönstett.

Der anstrengende Aufenthalt wird ihm durch Genüsse besonderer Art jedoch verschönert und erleichtert. Vom Fenster seines Zimmers hat er Ausblick in ein Reihenhäuschen, das der Klinik gegenüberliegt, in dem ein junges, hübsches Wesen in einer Küche herumläuft. Der Anblick entzückt ihn, denn trotz Novemberkälte ist die Frau immer leicht bekleidet. Sie ist vollschlank und rotgoldene Haare umspielen ihr Gesicht wie eine Abendhimmelwolke.

Uwe Pfeifer beginnt, sich für sie lebhaft zu interessieren.

Er hat sich einen Feldstecher besorgt, um einen besseren Einblick zu haben.

Hungrig sitzt er in der anwendungsfreien Zeit am Fenster seines Zimmers und beobachtet die junge Frau bei ihren häuslichen Verrichtungen. Dabei vertieft er sich auch in die bunten Etikettenaufschriften der Konserven, die ihm verführerisch ins Auge stechen. Nachts träumt er von der Nachbarin. Sie füttert ihn mit deftigem Sauerkraut und Schweinskrustenbraten, und

zum Nachtisch steckt sie ihm kleine Kuchen in den Mund. Als er erwacht und zum Frühsport gerufen wird, gerät sein seelisches Gleichgewicht mächtig ins Wanken.
Er richtet das Vergrößerungsglas auf das Haus gegenüber.
Die junge Frau aus seinem Traum sitzt bereits bei einem üppigen Frühstück.
Ein Klopfen an seiner Zimmertür schreckt ihn auf. Eine Schwester meldet den Besuch der Klinikleiterin an. Das verheißt nichts Gutes. Und so ist es dann auch. Frau Doktor Schönstett, eine superschlanke Vierzigerin mit gebirgsbach-kalten Augen, die ihn böse anblitzen, tritt ein. „Was ist das?" Sie weiß natürlich selbst, was sie da auf den Tisch geschleudert hat.
„Keine Ahnung, noch nie gesehen", antwortet er mit unschuldiger Miene.
Die Ärztin antwortet scharf: „Das ist eine Tafel Schokolade – Vollmilch – Traube – Nuss! Ich habe sie in der Deckelvase im Speisesaal entdeckt", zischt sie. „Ihnen ist doch bekannt, dass ich Sie ermahnen muss. Der Verzehr von Schokolade ist während der Fastenkur verboten."
Pfeifer lächelt überlegen. „Diese Vase ist für jedermann frei zugänglich."

Frau Doktor entgegnet kopfschüttelnd: „Das weiß ich. Dieses Argument benutzen alle, die sich dort ein Nahrungsdepot einrichten."
Pfeifer ist geschockt, er hat verstanden. „Diese blöde Vase ist eine gemeine Falle. Unschuldige Patienten, die vor Hunger fast umkommen, nicht aus und ein wissen, werden durch sie verführt."
„Wenn ich Sie daran erinnern darf, sind Sie doch freiwillig hier und können, wenn Sie sich nicht an die Hausordnung halten, die Klinik sofort verlassen, bitte schön."
Pfeifer knirscht mit den Zähnen. Er hat verloren. Frau Doktor Schönstett mustert ihn noch einige Sekunden und verlässt mit einem resignierten Seufzer das Zimmer.
Vorbei sind nun die Nächte, als er die erbärmlich dünne Brühe-Diät mit Schokolade etwas erträglicher gemacht hatte. Es blieb der quälende Hunger und noch drei Wochen liegen vor ihm. Er braucht jetzt seine ganze Kraft, um nicht wieder in eine depressive Stimmung zu verfallen. Natürlich will er abnehmen, wer will denn schon zwei Zentner wiegen. Aber doch nicht so radikal und unmenschlich.
Alles, was ihm nun bleibt, ist die dralle Nachbarin. Pfeifer greift wieder zum Feldstecher und sieht, wie sie an einem Hühnerschenkel kaut und sich genüsslich alle

zehn Finger ableckt. Ihm wird ganz flau, doch dann hat er eine Idee.
Das Häuschen der Nachbarin grenzt an den rückwärtigen Teil des Klinikgartens, der mit majestätischen Buchen und einer dichten Haselnusshecke bewachsen ist. In dieser Hecke ist ein Durchgang, den er ja schon für seine Beobachtungen nutzt. Diese Lücke will er noch besser nutzen und einen persönlichen Besuch vorbereiten. Im Park schlendert er, wie in Gedanken versunken, unter den Buchen auf und ab und beobachtet die Fenster der Klinik. Keiner der Patienten scheint sein Spannerhobby zu teilen. Brav gehen wohl alle zu ihren zehrenden Anwendungen. Der erste Frost lässt die Blätter unter seinen Füßen knacken. Uwe Pfeifer schlüpft durch die Hecke und überquert eine kopfsteingepflasterte Straße. Der Wind lässt Plastikbecher und Papiertüten um seine Beine tanzen, dann steht er vor dem Reihenhäuschen. Das Küchenfenster, durch das er so oft gespäht hat, liegt wenige Meter vor ihm. Sein Mut verlässt ihn. Was wird

geschehen, wenn die schöne Nachbarin ihn für einen Einbrecher hält?

Der Zufall kommt ihm zu Hilfe. Eine Windböe schleudert einen trockenen Ast mit einem lauten Krachen gegen das Küchenfenster. Die junge Frau kommt erschreckt aus dem Haus gelaufen.

„Nur keine Aufregung“, ruft er und schwingt seine Fülle über den niedrigen Gartenzaun, wobei seine Gelenke bedenklich knirschen. Behände, wie ein Gummiball, hüpft er durch den kleinen Vorgarten und zerrt den Ast in Richtung eines Komposthaufens. Die Frau sieht seinem Treiben zu und versucht, ihre Bluse über die Schenkel zu ziehen. Pfeifer lächelt verbindlich, reicht ihr seine Hand und stellt sich vor.

„Pia Vogel“, erwidert sie verwirrt.

„Es wird gleich zu schneien beginnen, ziehen Sie sich lieber etwas über.“

Dankbar nimmt sie diesen Rat an, eilt ins Haus. Mit einem dicken Wollpullover und einem Schlabberrock kommt sie zurück und streckt die Hand nach dem Ast aus, den Pfeifer noch immer umklammert.

„Wenn Sie eine Säge haben, mache ich ihn schnell klein.“

„Mein Mann wird im Werkzeugkasten vermutlich eine haben. Ich schau mal nach.“

Was, ein Mann? Seit fast einer Woche nimmt er am Leben der Pia Vogel teil und hat noch nie ein männliches Wesen gesehen. Sich auf einen Herrn Vogel einzustellen, damit hat er nicht gerechnet.
Pia Vogel reicht ihm einen Fuchsschwanz.
Pfeifer bückt sich und beginnt, den Ast zu zersägen.
„So, das hätten wir", ruft er, nachdem er ihn in kamingerechte Stücke zerlegt hat. Mühsam richtet er sich wieder auf und unterdrückt ein Stöhnen. Die ungewohnte Anstrengung hat ihm den Schweiß auf die Stirn getrieben. Er räuspert sich.
„Wenn Sie vielleicht ein Glas Wasser hätten?"
Pia steht betreten neben ihm, weiß nicht so recht, was sie mit dem fremden Helfer anfangen soll. Pfeifer geht aufs Ganze.
„Wissen Sie, eine Tasse Tee wäre schön bei diesem Wetter."
„Ich wollte mir gerade einen Earl Grey aufgießen."
„Prächtig, dann mache ich ja keine Umstände."
Kurz darauf sitzt Pfeifer an dem gedeckten Küchentisch, den er so viele Male sehnsüchtig beobachtet hat. Pia Vogel öffnet eine Keksdose, deren bunten Aufdruck er bereits kennt, und zaubert aus dem Küchenschrank weiß bepuderte Windbeutel.
Uwe Pfeifer fühlt sich so wohl wie lange nicht und ist

endlich wieder mit sich und der Welt versöhnt. Er lässt die Köstlichkeiten auf der Zunge zergehen und verdreht vor Wonne die Augen.
„Ganz vorzüglich“, sagt er zu seiner Gastgeberin, die ihn freundlich mustert. Während er sich die zweite Tasse Tee eingießen lässt, ermahnt er sich zu einer Plauderei, denn oft ist er unfähig, ganz zwanglos ein Gespräch zu beginnen. Was soll er sagen oder fragen. Er hofft, dass ihm etwas einfällt, und dann hat er wieder eine Idee. „Einen schönen Garten haben Sie. Man sieht das auch bei diesem Novemberwetter, wenn die Natur vor dem Winter zu schlafen beginnt.“
Und dann, als wäre der letzte Satz von Uwe Pfeifer ein ‚Sesam-öffne-dich‘ gewesen, beginnt Pia Vogel zu reden. Sie spricht von der Arbeit, die ein noch so kleiner Garten macht. Er hätte es ja selbst erlebt, denn Äste würden bei jedem Windstoß von den alten Bäumen geweht. Sie erzählt von Besuchern, die sie am Tag der ‚Offenen Berliner Gärten‘ begrüßen konnte, auch von ihrer Kindheit auf einem Bauernhof bei Lübars, von Nachbarn und von Hunden, die überall hinpinkeln, und streunenden Katzen, die ihr die Vögel vertreiben.
Pfeifer genießt es. Eine Antwort wird nicht erwartet. So kann er sich ganz ungeniert dem Genuss der verbo-

tenen Nürnberger Lebkuchen hingeben und lauscht versonnen ihrem Redefluss. Ihr berlinischer Akzent hat etwas Vertrautes.

Jäh schreckt er auf, als ein Kuckuck krächzend aus einer Uhr hervorschnellt und sechsmal seinen Ruf ertönen lässt.

18.00 Uhr! Zu dieser Zeit wird in der Klinik die sehr übersichtliche Mahlzeit serviert.

„Wir haben uns verplaudert. Ob ich wohl morgen wiederkommen darf?"

„Gern", gibt sie ohne Zögern zur Antwort. Pfeifer verabschiedet sich, wählt wieder den Weg über die Straße durch die Hecke und schleicht, nun in der Dunkelheit, zurück in die Klinik.

Am folgenden Tag steht er pünktlich um 16.00 Uhr vor Pia Vogels Haus. Von seinem Frühstückstisch hat er das kleine Tannengesteck mitgenommen.

„Wie hübsch", sagt sie.

Der Tisch, diesmal im Wohnzimmer, ist schon gedeckt. Es gibt Kaffee, dazu einen guten Cognac und Uwe Pfeifer weiß es schon, er hat die Nachbarin am Vormittag beobachtet, Apfelkuchen mit Sahne. Pia Vogel schenkt Kaffee ein, setzt sich ihm gegenüber und schweigt. Wieder überlegt Pfeifer krampfhaft, was er sie fragen kann.

„Vermissen Sie eigentlich den Bauernhof und die Tiere, mit denen Sie aufgewachsen sind?"
Mit dieser Frage hat er ins Schwarze getroffen. Sie lehnt sich in ihrem Sessel zurück, lässt ihren Blick in die Ferne schweifen und beginnt zu erzählen. Pfeifer lauscht ihren Erinnerungen, für ihn eine melodiöse Tischmusik, die seine Mahlzeit, später serviert sie ihm noch gefüllte Schinkenröllchen mit Melonenstücken und Käse, dezent begleitet.
Wieder meldet der krächzende Kuckuck die Stunde des Klinikabendbrotes. Wie selbstverständlich verabschiedet er sich diesmal mit den Worten: „Dann bis morgen."

Am nächsten Tag kann er es kaum erwarten, denn er hat Pia Vogel wieder beobachtet, hat gesehen, wie sie für ihn kocht. Sie ist ein Geschenk des Himmels. Seine Pfunde scheinen sie nicht zu stören, im Gegenteil, sie ist dabei, sie zu vermehren. In seinem Hungermartyrium erscheint sie ihm als eine Fee mit einem übergroßen Füllhorn.
„Ich habe eine Überraschung für Sie", begrüßt Pia ihn geheimnisvoll. „Sie können sie erriechen."
Pfeifer, der kein Spielverderber sein will, zieht geräuschvoll die Kochdüfte durch die Nase ein und stellt sich unwissend.

„Gulasch?“, fragt er, obwohl er den saftigen Braten schon vor der Linse gehabt hat.
„Fast richtig, und was gibt es dazu?“
„Vielleicht Pilze?“
Pia Vogel klatscht in die Hände. „Sie sind ein Feinschmecker!“
Sein Blick schweift durch den Raum und bleibt auf einem Bild mit einem Männerkopf hängen. „Ihr Mann ist wohl selten zu Hause?“, fragt er.
Sie schweigt und Pfeifer läuft es plötzlich eiskalt über den Rücken, die falsche Frage am richtigen Ort. Er sieht alle Köstlichkeiten im Kühlschrank verschwinden und sich selbst wieder an der widerlichen Brühe in der Klinik nippen. Pia Vogel blickt ihm fest in die Augen.
„Ich bin froh, dass Sie mir diese Frage stellen. Mein Mann und ich führen keine Ehe mehr. Er hat eine Freundin, die ganz schlecht kocht. Darum kommt er jedes Wochenende zu mir, räumt den Kühlschrank aus, nimmt alle Lebensmittel, auch meine gebackenen Kuchen, mit zu dieser neuen Frau.“
„Hmm“, macht Pfeifer und schiebt sich genüsslich eine Gabel Pilze in den Mund, sie sind ein Gedicht und schmecken nach Wald und Erde, dann sieht er sie mitfühlend an.

Pia Vogel spricht bewegt. „Sie glauben gar nicht, wie gut es mir tut, einen Menschen zu haben, der mir zuhört. Sie geben mir neuen Lebensmut, und ich weiß jetzt endlich, wie ich mich verhalten muss."
Uwe Pfeifer ist gerührt, nimmt trotzdem wahr, dass sie von einem Plan spricht, den sie am Nikolaustag in die Tat umsetzen will.
„Pia Vogels Mann", denkt er, „ist bestimmt für viele Gespräche der kommenden Nachmittage tauglich."
Er lauscht ihren Worten und fragt sich, ob er nicht schon um Kaffee bitten kann oder ob es höflicher ist, damit zu warten.
Pia Vogel setzt Kaffeewasser auf. Pfeifer findet es wunderbar, wie sie ihm die Wünsche von den Augen abliest.
„Bis morgen", sagt sie, als der Kuckuck die Trennungsstunde meldet.
Nach dem Überqueren der Straße wird aus dem Lustesser Pfeifer wieder der Patient, der frustriert vor der Kalorienkiller-Brühe sitzt.
Dank Pia Vogels Kochkunst schläft er in der Nacht tief und fest. Fast hatte er seinen Frühsport versäumt.
„Pia Vogel hat einen Plan, einen Plan, der ihren Mann betrifft", überlegt er, während er mit zwanzig anderen Dicken durch den Park keucht.
Aber Pfeifer kann es nicht lassen, sich auf das nachmit-

tägliche Mahl einzustimmen. Er guckt durch das Fernglas und was er da sieht, erregt ihn. Die schöne Nachbarin verrührt Eier, Zucker und Mehl. Viele leckere Backzutaten liegen auf dem Küchentisch. Er erkennt Hagelzucker, Vanillestangen, Kokosraspeln, Rosinen, Nüsse und Mandeln, alles, was eine gute Hausfrau für die Weihnachtsplätzchenbäckerei braucht.
Dunkel schweben ihm noch ihre Gesprächsfetzen von gestern durch den Kopf. Ist heute nicht Sonnabend, der Tag an dem Herr Vogel den Kühlschrank ausräumen wird, um den Inhalt mit seiner neuen Frau zu verzehren?
Siedendheiß kommt ihm der Gedanke, dass dieser Mensch, dieser Unmensch, alle Plätzchen einpacken wird. Kalter Schweiß steht ihm auf der Stirn. Am liebsten wäre er sofort losgelaufen, um wenigstens ein paar der Köstlichkeiten zu retten, doch er zwingt sich zur Ruhe, der Ehemann wird bestimmt erst am Abend auftauchen. Pfeifer sitzt am Fenster und wartet. Die Zeit schleicht. Er drückt das Glas an die Augen. Die Plätzchen müssten längst fertig sein. Da, endlich holt Pia Vogel das Kuchenblech aus dem Ofen und trägt es zum Tisch. Knusprig und braun lachen ihn die süßen Leckereien an. Seine Gier wächst. Punkt 16.00 Uhr

steht Uwe Pfeifer vor Pias Tür und stürmt in die Wohnung. „Seien Sie nicht so ungeduldig“, flüstert sie. „Bald koche und backe ich nur noch für Sie.“

Er hört ihre Worte nicht, denn er muss sehen, ob die Plätzchen für ihn bestimmt sind.

Auf dem Küchentisch liegt ein großer Stoffstiefel, geschmückt mit grüner Tanne und roten Schleifen, prall gefüllt mit den leckeren Backwaren.

„Na, was sagen Sie dazu? Die Überraschung wird meinem Mann sicher gefallen.“

Pfeifer erstarrt, er hat es geahnt, die Köstlichkeiten waren nicht für ihn bestimmt. Nein, der Rohling wird sie mit seiner Geliebten verzehren, und er wird leer ausgehen.

Da klingelt das Telefon.

„Bin gleich wieder da“, ruft Pia und verlässt die Küche.

Jetzt oder nie.

Pfeifer öffnet den Nikolausstiefel, stopft sich mehrere Plätzchen in die Taschen, einige schiebt er sofort in den Mund. Er kaut und schluckt gierig. Und plötzlich ist ihm, als explodiere etwas in seinem Magen, gleißendes Weiß füllt seinen Kopf, dann breitet sich die Helligkeit in seinem ganzen Körper aus.

Er sackt auf den Bodenfliesen der Küche zusammen.

Pia Vogels entsetzte Schreie sind in seinem Schmerz die

letzte Wahrnehmung. „Diese Kekse habe ich doch für meinen Mann gebacken!“ Laut und hysterisch ruft sie es mehrere Male, so, als könne sie Uwe Pfeifer dadurch wieder lebendig machen.
Dann wird es still.
Nur das Rattern der S-Bahn ist von Ferne zu hören.

Tatjana Kruse

Weihnachtswünsche werden wahr!

Schwäbisch Hall

„Hände hoch und keine Bewegung!"
Man denkt ja schon hin und wieder, wenn man so in einer Bank in der Schlange vor dem Schalter steht und nichts weiter zu tun hat, als eben anzustehen und zu warten, also dann denkt man, was wäre, wenn jetzt ein Banküberfall stattfände? Aber wer rechnet schon damit, tatsächlich in einen Banküberfall zu geraten? Niemand!
Und wenn doch, dann sicher nicht in der Genossenschaftsbank Rosengarten-Uttenhofen. Und noch viel sicherer nicht in einen Banküberfall, den der Weihnachtsmann mit seinem Weihnachtselfen durchführt. Und zwar knallhart, wenn ich das sagen darf.
„Auf den Boden und keine Bewegung! Wer auch nur mit dem Augenlid zuckt, wird erschossen, klar?"
Klar.
Oma Röttke und Filialleiter Böcking und ich – hier in Rosengarten-Uttenhofen kennt man sich noch mit Namen – lassen uns in einer mehr oder weniger flie-

ßenden Bewegung zu Boden gleiten. Wie beim Synchronschwimmen, nur ohne Wasser. Wobei ich einen Tick schneller bin als die anderen. Kein Wunder, die Röttke ist uralt und der Böcking adipös.
„Und keinen Mucks. Ich will, dass hier absolute Stille herrscht, verstanden?“, ruft der schmächtig gebaute Elf mit einer vom Rauchen krächzigen Fistelstimme.
Oma Röttke, Böcking und ich haben ihn verstanden, George Michael aber nicht, der schmettert weiterhin *Last Christmas I gave you my heart* aus der Box über dem Kassenschalter. Als er gleich darauf zu *the very next day you gave it away* kommt, ballert der Elf die Box von der Wand. Na ja, er ballert daneben, George trällert weiter, aber dann schlägt der Elf mit dem Lauf seiner Knarre fest gegen die Box, die aus der Halterung fliegt und beim Aufprall auf dem Boden freiwillig in Klein- und Kleinstteile zerbirst.
Kurzes elektrisches Knistern.
Stille.
Diese Art von Gewalttätigkeit kennt man eigentlich nur aus Amerika. Bei uns in der süddeutschen Provinz ist das unerhört. Hierzulande sollte der Weihnachtsmann eigentlich auch mit dem Christkind unterwegs sein, nicht mit einem grünwamsigen, rotbestrumpften Zipfelmützenelfen mit Nikotinflecken

an den Fingern und Mordlust in den tückischen Elfenaugen.
„Wenn ich euch auch nur atmen höre, knall ich euch ab!“, droht der Elf.
„Äh …“, meldet sich Filialleiter Böcking aus der Tiefergelegten.
Mutig, der Mann.
Der Elf hält ihm die Waffe an den Kopf. Jetzt kenne ich mich mit Waffen nicht wirklich gut aus, aber die hier hat ja schon bewiesen, dass sie mächtig Wumms hat. Werde ich mir gleich die Überreste von Böckings Schädel aus den frisch getönten Haaren zupfen müssen?
„Was hab ich gerade gesagt?“, kreischt der Elf.
Böcking verstummt.
Ich bin mir ziemlich sicher, dass er sagen wollte, dass heute Dienstag ist und dass sich dienstags so gut wie kein Geld in der Bank befindet. Es ist ja ohnehin nie viel Bargeld da, aber dienstags eben nicht mal die Marktgelder der Bauern und zu dieser Uhrzeit auch noch nicht die mageren Tageseinnahmen der insgesamt drei Läden in unserem Dorf – Bäckerei Hauff, der Tante-Emma-Laden von Ehepaar Holtkötter sowie *Blumen und mehr* der Schwestern Stadlmayr. Kurzum, kein Geld. Es gibt auch keine Schließfächer. In der Filiale der Genossenschaftsbank Rosengarten-Utten-

hofen ist das Wertvollste an diesem Morgen die vergoldete Uhr des Filialleiters.
Der Weihnachtsmann, ein feister Geselle in traditionellem Rot, der über seinen extrem bauschigen, falschen Rauschebart hinweg vermutlich kaum etwas sehen kann, verriegelt die Tür. Dann geht er zum Fenster, öffnet es, brüllt „Obacht!“, hebt seine Waffe und feuert wie wild aus dem Maschinengewehr ins Freie. Es rattert und knattert wie in einem Kriegsfilm von Steven Spielberg.
Geschrei, Autohupen, das knirschende Geräusch von Metall auf Metall, noch mehr Geschrei. Diverse Alarmanlagen gehen los.
„O weh, o weh“, jammert Oma Röttke.
Böcking bekommt Schluckauf.
„Ruhe!“, kreischt der Elf.
Ich mache mir nicht wirklich Sorgen um die da draußen – ich war ja gerade eben selbst noch eine von denen, und auf der Straße hatte ich außer dem herumlungernden Weihnachtsmann mit seinem Elfen und dem alten Bode vom Bode-Hof, der gerade in seinen Ford Fiesta mit Wackeldackel im Fond steigen wollte, niemand gesehen.
Um den alten Bode ist's nicht schade, der ist a) echt schon uralt und hat b) letzte Woche bei der Abstim-

mung über die Westumgehung als Einziger mit *Nein* gestimmt. Der betreibt auch noch heimlich Käfighaltung.

Und sollte ein zufällig durch Rosengarten-Uttenhofen fahrender Fremder seinen Wagen im Kugelhagel zu Schrott gefahren haben, dann wäre das doch ein wunderbares Argument für die Umgehungsstraße, oder nicht?

Jedenfalls liegen Oma Röttke, Böcking und ich nach der Maschinengewehrsalve wie tot auf dem Boden – wir rühren uns nicht, wir atmen nicht, und dass wir noch leben, erkennt man allenfalls am sich ausbreitenden Angstschweiß in den Achselhöhlen.

„Banküberfall", brüllt der Weihnachtsmann aus dem Fenster. Und für den Fall, dass es jemand nicht verstanden haben könnte, wiederholt er: „Banküberfall!"

Ich wundere mich über diesen Hang zur Publicity, der muss doch eher auf Privatsphäre bedacht sein, denke ich, sage es aber nicht, sondern komme zu dem Schluss, dass sich die Zeiten eben geändert haben. Womöglich postet er den Überfall gleich als Status-Update bei Facebook und Twitter. Mit Foto.

„Du da", fistelt der Elf und tritt Herrn Böcking mit dem bestrumpften Fuß heftig in die Leibesmitte. „Mach den Tresor auf."

Ein bösartiges Kerlchen.
Gott sei Dank ist Böckings Leibesmitte enorm umfangreich, und empfindliche Teile scheinen durch den Tritt nicht beschädigt worden zu sein.
Böcking erhebt sich schnaufend und klopft sich den Staub vom anthrazitgrauen *Modehaus Röther*-Anzug. Ja, das fällt mir jetzt im Liegen auch sehr deutlich auf. Es hat Staubmäuse in der Filiale. Wer putzt hier eigentlich? Wird hier überhaupt geputzt? Fange ich mir möglicherweise eklige Bakterien ein, wenn ich hier so liege? Ich atme flacher.

In Höhe des weihnachtlich geschmückten Gummibaums zwischen Kassentheke und Tresorraum bleibt Böcking stehen.
Er zögert.
Will er jetzt etwa den Helden spielen? Ich nicke ihm auffordernd zu. Da knallt schon wieder ein Schuss. Der Abzugfinger des Elfen sitzt extrem locker.
„O Gott!“, entfährt es Oma Röttke.
„Ruhe!“, brüllt der Elf.
Ich linse zu meinen Mitgefangenen, aber niemand scheint verletzt.
Nur Böcking hat sich die Hose eingenässt. Diskret wende ich meinen Blick wieder hinunter zum Staubmausrudel.
„Ich sagte, mach mir den Tresor auf.“ Der Elf versetzt Böcking einen Tritt.
Draußen hört man Polizeisirenen.
„Ogottogott“, jammert Oma Röttke leise. Die Frau weiß, dass wir zu Geiseln werden, sollten die Bullen eintreffen, bevor die Bankräuber verschwinden konnten. Und Geiseln erleiden mehrheitlich immer dasselbe Schicksal: Sie enden als blutige Fleischhaufen.
Komisch, dass man sich als alter Mensch noch so ans Leben klammert. Ist der Lack erst mal ab, ist doch das Beste vorbei. Wenn hier einer Grund zur Sorge hat,

dann doch wohl ich. Die Röttke muss weit über achtzig sein, ich dagegen hatte mir noch ein bisschen Spaß erhofft.
Der Moment, in dem der Elf Böcking aus dem Tresorraum schubst und dem Weihnachtsmann „He, da waren satte fünfhundert Schleifen drin“ zuruft, ist zufällig auch der Moment, in dem zwei Streifenwagen mit quietschenden Reifen vor der Filiale zum Stehen kommen.
Das kann ich natürlich nicht sehen, das entnehme ich dem Liveticker aus dem Mund des Weihnachtsmannes. „Schau her, gleich mit zwei Bullenschaukeln. Hui, die Waffen im Anschlag. Ah, da kommen sogar noch mehr. Das nenne ich Entertainment!“ Er zieht sich vom Fenster zurück. Erst ruft er aber noch: „Keinen Schritt näher, sonst knallen wir die Geiseln ab.“
Der Elf tritt Böcking in die Kniekehlen, der daraufhin zu Boden geht.
So, wie er zum Liegen kommt, befindet sich mein Kopf in Höhe seiner Lenden, und ich weiß nicht, ob ich es schon erwähnt habe, aber seine Lenden riechen nach Urin. Möglichst unauffällig versuche ich, von ihm wegzurobben.
Da klingelt das Telefon.
Das kennt man nun ja zur Genüge: Die Polizei ruft an, um zu verhandeln. Und um Zeit zu schinden, bis ein

Sondereinsatzkommando die Filiale stürmt. Wie damals die GSG 9 in Mogadischu die *Landshut* stürmte. Seinerzeit hatte es kurz zuvor Kapitän Schumann erwischt. Würde diesmal Böcking dran glauben müssen? Ich sag's nicht gern, aber besser er als ich. Weil der Weihnachtsmann und der Elf dadurch abgelenkt sind, merken sie nicht, wie ich millimeterweise immer näher an die Kaffeeecke heranrobbe.

„Die Show geht los", sagt der Elf.

„Bitte alles anschnallen", sagt der Weihnachtsmann.

Die beiden kichern.

Der Elf nimmt den Hörer ab. „Wer da?", fragt er lästerlich.

Der Weihnachtsmann und er kichern noch etwas mehr. Dann vergeht dem Elfen das Kichern. „Der kann jetzt nicht!", bellt er und knallt den Hörer auf die Gabel. „Blöde Schnepfe", schimpft er. Und „Das war Ihre Frau, ob Sie heute Abend pünktlich zum Essen kommen? Wohl eher nicht!", sagt er zu Böcking. Und rammt ihm erneut den Elfenschuh in die Seite. Völlig unnötig, aber der Elf muss seinen Frust wegtreten.

Der Weihnachtsmann zieht eine Schachtel Zigaretten aus seinem Sack und zündet sich eine Fluppe an.

Böckings Lippen bewegen sich. Bestimmt will er „Rauchen ist hier nicht erlaubt" sagen, aber er sagt es laut-

los. Ist auch besser für ihn.
Da klingelt das Telefon erneut.
„Was ist?“, brüllt der Elf in den Hörer.
Diesmal scheint es die Polizei zu sein. Der Elf zwinkert dem Weihnachtsmann zu.
Das Verhandeln geht los.
Ich robbe derweil immer weiter in Richtung Kaffeeecke. Nein, ich schlängele mich mehr, als dass ich robbe.
Böcking und die Röttke haben mit dem Leben offenbar abgeschlossen – er hat die Augen verdreht, als ob er gerade wieder in seine Anzughose strullert, sie starrt blinzellos zur gläsernen Eingangstür. Weil sie so überhaupt gar nicht blinzelt, gehe ich mal davon aus, dass sie einen Schlag erlitten hat und dem irdischen Jammertal entrissen ist.
Ich schlängelrobbe weiter.
Vorhin, kurz bevor der Weihnachtsmann und sein Elf angefangen haben, *Stirb langsam – Teil III* nachzuspielen, hat der Wasserkocher *pling* gemacht …
„Wir wollen einen Hubschrauber“, verlangt der Elf. Nach kurzem Schweigen nölt er: „Ist mir doch egal, ob der hier nicht gut landen kann. Hubschrauber oder die erste Geisel stirbt!“
Er knallt den Hörer auf die Gabel.

„Du hättest ihm eine Uhrzeit nennen sollen, bis wann wir den Hubschrauber wollen“, kritisiert der Weihnachtsmann.
Nicht jeder kommt mit unverlangt vorgebrachter Kritik gut zurecht.
„Ach, halt doch die Klappe“, mosert folglich der Elf und feuert eine Runde aus seiner Knarre ab. Ich erwarte, dass mir der Putz wie Schnee von oben in den Nacken rieselt, aber nichts. Zumindest ist Oma Röttke vor Schreck zusammengefahren.
Sie lebt also noch.
Ich habe es in der Zwischenzeit geschafft und liege in der Kaffeeecke. Das war nicht wirklich eine Leistung, denn wir sprechen hier von der Filiale der Genossenschaftsbank in Rosengarten-Uttenhofen, und deren räumliche Ausmaße sind, sagen wir mal, überschaubar. Im Grunde ist sie mit uns fünf schon überfüllt.
Das Telefon klingelt erneut.
Der Elf reißt das Kabel aus der Wand und schleudert das Telefon mit Schmackes – zack! – durch die geschlossene Fensterscheibe.
„Hubschrauber her oder die erste Geisel stirbt!“, schreit er und duckt sich, falls die da draußen das Feuer eröffnen.
Was sie aber nicht tun.

Weil er nun aber so geduckt kauert, merkt er, dass die weihnachtskrippentypische Dreierformation – Jesuskind, Maria und Josef beziehungsweise Ochse, Esel und Schaf oder in unserem Fall Böcking, Röttke und ich – sich auseinanderdividiert hat. Mittig im Raum liegen nur noch der Filialleiter und die greise Kundin, und das junge Ding, will heißen: ich, befindet sich plötzlich in der Ecke neben der Tür.

Der Elf springt auf.
Er denkt wohl, ich will mich durch die Tür verabschieden. Aber da hat er falsch gedacht. Die Tür ist ja abgeschlossen, da komme ich nicht raus. Aber das Wasser im Wasserkocher ist siedend heiß.
Noch während sich der Elf aufrichtet und noch bevor er mit der Waffe auf mich zielen kann, bin ich schon auf Knien und habe die Kanne des Wasserkochers gepackt. Ich rufe nicht erst lange: „Waffe weg, sonst schütte ich", nein, ich schütte vorwarnungslos.

In die Weichteile. Der Elf schreit erbärmlich. Es riecht verbrutzelt.
„Um Gottes willen, lassen Sie doch Gnade walten“, ruft ein Bulle von draußen. Weil ich von Beruf Sportlehrerin bin, hechte ich mich aus der knienden Haltung nach vorn und entreiße dem jämmerlich kreischenden Elfen die Waffe und wirbele nur Sekundenbruchteile später zum Weihnachtsmann herum.
„Mach ihn alle“, feuert mich Oma Röttke an.
Böcking presst sich die Hände auf die Ohren. Der Weihnachtsmann zögert.
Ich zögere nicht.
Ich drücke ab.
Und verschieße alles, was noch in der Knarre drin ist.
„Jaaaaa“, gelle ich dabei und gerate regelrecht in Blutrausch. Und weil ich mich so in Ekstase gelle, finde ich es auch nur am Rande verwunderlich, dass der Weihnachtsmann nicht umfällt.
Da stürmt auch schon das Sondereinsatzkommando die Filiale.
Sehr schnurrige, durchtrainierte Jungs, wenn ich das so sagen darf. Ich freue mich, dass ich unter einem Mistelzweig stehe.

***

Platzpatronen.
Der Weihnachtsmann und sein Elf waren gewissermaßen unbewaffnet. Ihre Knarren sahen zwar verdammt lebensecht aus, waren es aber nicht.
Und warum nicht?
Die beiden waren nur die Ablenkung.
Während die Bullen die Bank stürmten – und mich übrigens für die Bankräuberin hielten, weil ich ja die Hand am Abzug hatte, und mich, bevor die Röttke und Filialleiter Böcking die Lage aufklären konnten, zu fünft unter dem Mistelzweig überwältigten, wobei ich mir zwei Rippen brach und mir diverse Blutergüsse und Prellungen einfing –, während dieses actiongeladenen Finales also wurde auf der anderen Straßenseite in aller Seelenruhe die Jugendstilvilla eines millionenschweren Konzernchefs leer geräumt, der dort seit einiger Zeit jedes Wochenende mit seiner Familie auf ländliche Idylle machte.
Wie sich später herausstellte, waren der Weihnachtsmann und der Elf, die beide ohnehin ausgedehnte Knastaufenthalte antreten mussten und nichts zu verlieren hatten, extra für diese kleine Ablenkungsshoweinlage angeheuert worden.
Sie konnten nicht sagen, von wem. So was läuft ja heute alles online.

Und weil ja vermeintlich wild geschossen wurde, nahm es auch niemand ernst, dass diverse Autoalarmanlagen und eben auch die Alarmanlage der Villa losheulten. Da hatten eben Querschläger eingeschlagen, dachte man.
Böcking wurde von den Medien zum Helden stilisiert und durfte fortan die doppelt so große Genossenschaftsbankfiliale in Kupferzell-Rüblingen leiten.
Oma Röttke hatte dem Tod ins Auge gesehen und gemerkt, dass sie für einen Walzer mit dem Sensenmann noch lange nicht bereit war. Sie hob zum Ärger ihrer Erben ihre gesamten Ersparnisse ab und ging auf eine zwölfmonatige Kreuzschifffahrtweltreise.
Der Weihnachtsmann kam sofort und ohne Umwege in den Knast, der Elf kam erst mal ins Krankenhaus. Den hatte ich ordentlich verbrüht. Nachwuchs würde der so schnell nicht mehr zeugen können. Wäre aber ja ohnehin bestimmt krimineller Nachwuchs geworden, also ging der Welt nicht wirklich was verloren.
Der verbrühte Elf lag nur wenige Zimmer von mir und meinen gebrochenen Rippen entfernt. Allerdings polizeiüberwacht.
Im Gegensatz zu mir.
Auf mich achtete keiner mehr.
So war es ja auch geplant gewesen.
Von mir. Und meinem Verlobten Dennis.

Dennis räumte die – wie sich später herausstellte – finanziell sehr ergiebige Villa des Topmanagers leer, und ich orchestrierte derweil die Ablenkung in der Bankfiliale. Wir waren ein perfektes Team.
Und sind es noch.
Eine Weile werden wir uns noch bedeckt halten, dann eröffnen wir mit dem Geld auf Tahiti eine Strandbar. Oder einen Irish Pub auf Hawaii. Herrliche Aussichten!
Ach ja, Weihnachtswünsche werden wahr! Man muss nur daran glauben.
Und ein wenig nachhelfen …

Myriane Angelowski

Am Weihnachtsbaum die Lichter brennen

Es war der Vorabend zum ersten Advent. Harriet sank erschöpft in ihren Ohrensessel und blickte hinaus in den Garten. Die Außenbeleuchtungen waren eingeschaltet. Blinkende Sterne funkelten in der Dunkelheit, kleine Tannenbäume trugen erhaben ihre Lichterketten und der wetterfeste Christbaumschmuck wiegte sich im aufkommenden Ostwind. Harriet gähnte. Das Feuer im Kamin knisterte. Sie hörte Edda in der Küche hantieren und freute sich auf einen starken Kaffee mit englischem Buttergebäck.

Auch in diesem Jahr waren die Adventsvorbereitungen wieder in ein unglaubliches Durcheinander ausgeartet. Doch nun waren endlich alle Lichterketten angebracht und die Krippenfiguren standen wie immer neben dem Geräteschuppen. Josef, Maria, Jesus in der Krippe und ein schlafender Hirte. Lebensgroße Hartwachsfiguren, die Madame Tussauds Wachsfigurenkabinett alle Ehre gemacht hätten. Harriet lächelte und streichelte gedankenverloren ihre Katze Alberta. Sie liebte die

Vorweihnachtszeit. Erinnerungen an ihre ersten Lebensjahre in Cornwall und die Kindheit in Kanada wurden lebendig. Schlittenrennen. Engelshaar an der Tür zum Weihnachtszimmer. Das Telefon klingelte und riss Harriet aus ihren Gedanken. „Guten Abend, Frau McGregor." Es war die Stimme des Pfarrers. „Ich habe erfreuliche Neuigkeiten für Sie", sagte er. „Der Gemeinderat hat einstimmig beschlossen, dass Ihnen dieses Jahr die Ehre zuteil wird, das Hermann-Kletke-Singen in ihrem Garten auszurichten."

„Was für eine gute Nachricht", sagte Harriet und zeigte Edda, die gerade mit Kaffee und Plätzchen hereinkam, den erhobenen Daumen. Seit vielen Jahren bewarben sie sich um die Ausrichtung des alljährlichen Adventssingens. Diese Tradition war dem Andenken von Hermann Kletke gewidmet, dem Texter des Liedes *Am Weihnachtsbaum die Lichter brennen*. Er hatte einige Jahre in der Gemeinde gelebt. An seinem Ehrentag trugen Kinder in feierlicher Prozession brennende Kerzen zur Nordmanntanne eines ausgewählten Gemeindemitglieds.

„Ich freue mich, dass Sie sich um das Adventssingen beworben haben", sagte der Pfarrer. „Vielleicht finden Sie so wieder einen Zugang zu unserer Gemeinde, nachdem Sie sich in der letzten Zeit doch sehr zurückgezogen haben." Harriet überhörte den leisen Vorwurf und wollte das Gespräch schon beenden, doch da räusperte sich der Pfarrer und fuhr fort: „Übrigens, Ihr neuer Nachbar hat sich über die Beleuchtung in Ihrem Garten beschwert. Er behauptet, dass er nachts nicht schlafen kann, weil die vielen Lichter sein Schlafzimmer taghell erleuchten."

„Wir schmücken das Haus und den Garten schon seit vielen Jahren. Niemand hat sich bisher darüber beschwert", sagte Harriet. – „Wilbert Köhler schon", erwiderte der Pfarrer. „Er scheint extrem empfindlich auf Licht zu reagieren."

„Der reagiert auf alles Mögliche empfindlich", versetzte Harriet. „Wir hatten schon häufiger Ärger mit ihm."

„Er ist neu in der Gemeinde und Ihr einziger Nachbar", beschwichtigte der Pfarrer. „Außerdem hat er schwere gesundheitliche Probleme. Das Herz, wissen Sie. Er braucht nur ein freundliches Wort, gerade jetzt in der Adventszeit." Er verabschiedete sich und legte auf.

„Wir haben es geschafft“, verkündete Harriet. „Jetzt müssen wir mit der Blaskapelle der freiwilligen Feuerwehr telefonieren und Halterungen für die Kerzen kaufen.“ Sie verschwieg Wilbert Köhlers Beschwerde. Am späten Abend ging Harriet hinaus in den Garten, um Brennholz zu holen. Stolz betrachtete sie die unzähligen elektrischen Kerzen, die das Haus erleuchteten. Der Wind blies eisig. Seit einigen Tagen hatte ein verfrühter Winter das Land im frostigen Griff. Plötzlich fühlte Harriet sich beobachtet. Sie sah zum Grundstück ihres Nachbarn hinüber. Wilbert Köhler stand wie versteinert unter einer alten Eiche. Sein Schäferhund Wotan saß ebenso reglos bei Fuß. Zwei unbewegliche schwarze Silhouetten im kalten Wind. Harriet dachte an die Worte des Pfarrers: „Er ist krank. Er braucht nur ein freundliches Wort…“ Sie winkte ihrem Nachbarn zu. Doch Köhler rührte sich nicht. Harriet lud sich eilig einige Holzscheite auf den Arm und ging kopfschüttelnd ins Haus.

Am nächsten Morgen schlurfte Edda in die Küche, brühte Kaffee auf und zündete das Kaminfeuer an. Alberta sprang auf das Fensterbrett und blinzelte hinaus. Eine Krähe saß auf dem Dach des Vogelhäuschens und krakeelte lauthals. Edda trat zu Alberta

ans Fenster. Da sah sie die Verwüstung – die Krippenfiguren waren umgestoßen und die Lichterketten teilweise von den Tannen gerissen. Edda starrte fassungslos auf das Chaos. Sie und Harriet zogen sich eilig etwas über und liefen in den Garten, um den Schaden zu begutachten. Einige Lichterketten waren durchtrennt, überall lagen Glassplitter von zertretenen Glühbirnen herum und die Beleuchtung des Hauses war im unteren Bereich völlig abgerissen. Harriet kniete neben Maria und Josef nieder. Marias Gewand war zerrissen und Josefs rechte Gesichtshälfte eingedrückt. Das Jesuskind steckte kopfüber in einer Hecke und der schlafende Hirte war verschwunden.
„Ich werde die Polizei rufen", sagte Edda schließlich. Eine halbe Stunde später hielt ein Streifenwagen vor dem Haus. Die Beamtinnen ließen sich den verschwundenen Hirten beschreiben. „Haben Sie denn nichts gehört?", fragten sie. Harriet schüttelte den Kopf. „Ich nehme meist ein Schlafmittel", erklärte sie. „Und Eddas Gehör hat in den letzten Jahren nachgelassen."
Bis zum nächsten Tag waren die schlimmsten Schäden beseitigt. Doch am Nikolausmorgen war der Garten erneut verwüstet. Edda brach in Tränen aus. Harriet wählte die Nummer der Polizei. Doch der Beamte beschwichtigte sie und sah keinen Grund, sofort aus-

zurücken. Enttäuscht machten sich Edda und Harriet wiederum ans Aufräumen. Als am Morgen des zweiten Advents die Dekoration wieder zerstört war, riss Harriet schließlich der Geduldsfaden. „Wir müssen die Sache selbst in die Hand nehmen", verkündete sie entschlossen. Edda nickte. „Was schlägst du vor?"

„Wir legen uns nachts auf die Lauer. Vom Wintergarten aus haben wir einen guten Überblick." Also richteten Edda und Harriet die Weihnachtsdekoration wieder her und bewachten in den folgenden Nächten abwechselnd ihr Grundstück. Eine Woche lang geschah nichts. Der erste Schnee fiel und dann hörte es gar nicht mehr auf zu schneien. Die Temperaturen fielen unter minus fünfzehn Grad. Trotzdem bezogen Edda und Harriet allabendlich ihren Posten im Wintergarten. „Vielleicht hat dieser schreckliche Mensch aufgegeben", bemerkte Edda hoffnungsvoll. Doch in der Nacht auf den dritten Advent sah Harriet eine dunkle Gestalt im Garten umherschleichen. Die Nacht war ungewöhnlich finster, sodass sie nur die Silhouette eines Mannes erkennen konnte. Er war mit Pudelmütze und langem Mantel bekleidet. Als er begann, Lichterketten von den Tannen zu reißen und die Krippenfiguren umzuwerfen, wurde Harriet wütend. „Ich bringe dich um", flüsterte sie, huschte in den Garten und ging hinter dem Geräteschuppen in Deckung. Doch die Gestalt war verschwunden. Da bellte ein Hund. „Bei Fuß, Wotan!" Harriet spähte zum Nachbargrundstück hinüber und sah gerade noch, wie Wilbert Köhler im Haus verschwand. Er trug einen langen Mantel.

Am nächsten Morgen passte Edda den Nachbarn ab, als er mit seinem Hund spazieren ging. „Herr Köhler. Wir möchten Sie bitten, unsere Außendekoration in Zukunft in Ruhe zu lassen", sagte sie mit Nachdruck. Der Nachbar sah sie mit großen Augen an. Aber Edda ließ sich nicht beirren.

„Harriet hat Sie letzte Nacht in unserem Garten beobachtet", erklärte sie.

„Mich? In Ihrem Garten? Aber das ist doch völliger Unsinn, ich …" – „Sie brauchen es gar nicht abzustreiten", fiel Edda ihm ins Wort. „Wir wissen, dass Sie es waren, und wir möchten Sie bitten, das zu unterlassen." – „Ach, Sie sind ja nicht ganz richtig im Kopf!", schrie Wilbert Köhler. Mit hochrotem Kopf zog er mit Wotan an der Leine fluchend davon.

Von diesem Tag an sanken die Temperaturen zwischen den Nachbarn weit unter den Gefrierpunkt. Edda und Harriet versuchten Wilbert Köhler zu ignorieren. Doch er grölte nachts vor ihrem Haus herum, beschimpfte sie lauthals und stahl ihnen die Morgenzeitung. Außerdem ließ er Wotan frei herumlaufen. Der Hund nahm sofort den Garten der beiden Frauen in Besitz und bellte unaufhörlich, wenn sie das Haus verlassen wollten. Edda, die sich vor Hunden fürchtete, traute sich kaum noch vor die Tür und lebte in ständiger Sorge um Alberta. Harriet rief ein paar Mal die Polizei, doch die Beamten schienen ihre Beschwerden nicht recht ernst zu nehmen. Der Nachbar stritt alle Vorwürfe ab und stellte sich selbst als Opfer dar.

Weihnachten rückte näher. Harriet und Edda versuchten, sich auf die Vorbereitungen für das Kletkesingen zu konzentrieren. Sie kauften Kerzenhalter mit Windglas für ihre Tanne, bestellten Glühwein und telefonierten mit der Blaskapelle der freiwilligen Feuerwehr. Eines Morgens dann war Alberta verschwunden. Edda und Harriet suchten sie im ganzen Haus, doch sie fanden die Katze nicht. Als Harriet am Mittag die Post aus dem Briefkasten holte, lag Alberta steif gefroren unter der Rosenhecke. Harriet spürte, wie ihr das Blut aus dem Gesicht wich. Sie drückte die geliebte Katze an sich. Dabei sah sie die Wunde an Albertas Hinterkopf. „Das soll er büßen", flüsterte sie.

Wilbert Köhler klingelte zaghaft und grinste unsicher, als Harriet ihm die Tür öffnete. Umständlich überreichte er ihr ein Adventsgesteck mit lilafarbenen Kerzen.

„Wie es hier duftet … und diese Musik", bemerkte er erfreut.

„Herr Köhler", begann Edda, während sie ihm Brot und Brombeermarmelade reichte, „wir haben Sie heute eingeladen, um uns bei Ihnen zu entschuldigen. Wir haben Sie zu Unrecht verdächtigt."

„Das sagten Sie bereits am Telefon", antwortete der Nachbar gut gelaunt und strich sich die selbst gemachte Marmelade dick aufs Brot. „Es freut mich, dass Sie nun einsehen, dass ich mit den Verwüstungen in Ihrem Garten nichts zu tun habe." Er blinzelte Edda zu, grunzte vergnügt und löffelte ungeniert Marmelade aus dem Glas.

„Lecker“, sagte er anerkennend und begann dann unaufgefordert, den beiden in aller Ausführlichkeit seine Lebensgeschichte zu erzählen. Harriet seufzte verstohlen, während Edda Interesse vortäuschte. Köhler redete und aß, bis er ganz plötzlich verstummte. Seine Lippen schwollen an. „Mir ist nicht gut… ich glaube, ich…“, stammelte er und versuchte aufzustehen, was ihm jedoch nicht gelang. Stattdessen würgte er und übergab sich über seinem Teller. Edda sprang auf und hielt seinen Kopf. Harriet war wie gelähmt. Sie starrte Köhler mit offenem Mund an. Schweißperlen rannen ihm von der Stirn und in seinen Augen stand blankes Entsetzen. Seine Pupillen weiteten sich. Er röchelte. Er wollte etwas sagen, doch es kamen nur noch einige unverständliche Laute aus seinem Mund. Ein kurzes Zucken, dann sackte er zur Seite und blieb reglos liegen.
„O mein Gott!“, schrie Harriet.

„Was hast du ihm gegeben? Ihm sollte nur übel werden. Er sollte Durchfall und Magenkrämpfe bekommen. Ein Denkzettel, so hatten wir es abgemacht, aber nun ... er sieht so ... so tot aus."
Edda war alle Farbe aus dem Gesicht gewichen. „Ich weiß nicht ... Er muss wohl schon vorher ein Herzleiden gehabt haben", sagte sie leise. „Anders kann ich mir das nicht erklären."
„Er *hatte* ein Herzleiden", bestätigte Harriet.
„Du hast es gewusst?" Edda sah ihre Freundin irritiert an. – „Der Pfarrer hat es mal erwähnt. Ich wusste ja nicht, dass es wichtig ist." – „O nein!", stöhnte Edda. „Ich habe Atropa belladonna und Daphne mezereum in die Marmelade getan." Harriet sah Edda fragend an. „Tollkirschen und Seidelbastsamen", flüsterte Edda. „Kleine Mengen erzeugen Schwellungen und Übelkeit. Aber für einen Herzpatienten kann schon eine geringe Dosis tödlich sein."
„Das sehe ich." Harriet raufte sich verzweifelt die Haare. „Und jetzt? Jetzt haben wir hier einen Toten in unserem Wohnzimmer liegen. Was machen wir denn nur?" – „Aber es war ein Unfall", wandte Edda ein. „Wir wollten ihn nicht töten."
„Tollkirschen und Seidelbastsamen! Du bist die Expertin – spielt man da nicht zwangsläufig mit dem Tod?"

„Nicht wenn die Dosierung stimmt“, beharrte Edda. Harriet funkelte sie wütend an. „Streiten hilft uns nun auch nicht weiter“, schloss Edda und begann zu weinen. Harriet ließ sich auf einen Sessel fallen und starrte ins Leere. Von schweren Gewissensbissen geplagt, fassten die beiden gegen Mitternacht den Entschluss, die Leiche von Wilbert Köhler vorerst als schlafenden Hirten in die Krippenszene zu integrieren. Die Temperaturen lagen immer noch unter dem Gefrierpunkt. Während Edda dem toten Nachbarn widerwillig ein altes Hirtengewand überstreifte, ging Harriet mit Spitzhacke und Schaufel in den Garten und grub hinter Maria und Josef eine Mulde. Es war bitterkalt. Ein Schneesturm erschwerte ihre Arbeit. Als sie endlich fertig war, sah sie Wotan. Er stand hinter der geschlossenen Terrassentür und bellte sich die Seele aus dem Leib.

Der nächste Tag war der vierte Advent. Der Tag des Kletkesingens. Ein schneidender Wind pfiff über das vereiste Land. Edda und Harriet konnten einander nicht in die Augen sehen. Aber sie registrierten beide erleichtert, dass Wilbert Köhlers Leiche vollkommen mit Eis und Schnee bedeckt war.
Am Nachmittag kam die Sonne heraus und schwächte den kalten Nordwind ab. Nach und nach füllte sich der

Garten mit Besuchern. Kinder tollten umher, während die Erwachsenen sich in kleinen Grüppchen unterhielten und Glühwein tranken. Als die Blaskapelle der freiwilligen Feuerwehr gemeinsam mit dem Bürgermeister eintraf konnte der offizielle Teil der Feier beginnen. Der Pfarrer hielt eine kleine Rede zu Ehren des großen Texters, als plötzlich ein Mann in die Veranstaltung platzte. Er stellte sich breitbeinig vor die versammelte Gemeinde und blickte streitlustig in die Runde. Der Fremde hielt Wotan an der Leine. Der Hund knurrte und fletschte die Zähne. Edda wurde schlecht. „Ich heiße Berthold Köhler“, sagte der Mann mit fester Stimme. Er hatte sichtlich Mühe, den Schäferhund, der in Richtung Krippe zog, an der Leine zu halten. Edda und Harriet tauschten ängstliche Blicke.
„Ich bin heute Morgen angekommen, um das Weihnachtsfest bei meinem Vater zu verbringen. Aber er ist verschwunden.“ Die Leute sahen sich fragend an.
„Wotan war allein im Haus. Mein Vater hätte ihn niemals zurückgelassen. Er hat mir von Streitigkeiten erzählt. Was ist hier passiert?“ Wotan riss nun so heftig an der Leine, dass Berthold Köhler ihn nicht mehr halten konnte. Er ließ ihn los. Der Hund sprang zur Krippe und stürzte sich bellend auf den schlafenden Hirten. Edda hielt die Luft an. Harriet schloss die

Augen. Gleich würde alles herauskommen. Gleich würden sie vor allen Leuten als Mörderinnen entlarvt werden. Doch niemand achtete auf Wotan. Die Versammelten ärgerten sich über den Eindringling, der ihr jährliches Adventssingen störte. „Sie haben meinem Vater etwas angetan!“, schrie Berthold Köhler mit hochrotem Kopf und hob drohend eine Faust. Einige Kinder begannen zu weinen. Wotan winselte und scharrte verzweifelt mit den Pfoten im Eis. „Sie sind ja verrückt!“, rief ein Mann. „Hauen Sie ab oder wir machen Ihnen Beine!“

Die Blaskapelle stimmte das Lied *Am Weihnachtsbaum die Lichter brennen* an. Die Posaunen übertönten Berthold Köhlers Geschrei. Er tobte und fluchte noch eine Weile, doch dann riss er Wotan von der Krippe fort und stapfte wütend zum Haus seines Vaters. Harriet und Edda atmeten auf. Aber sie genossen weder die Lichterprozession noch das Krippenspiel der zukünftigen Kommunionkinder. Die Anspannung wich auch nicht, als der letzte Gast gegangen war. Sie fühlten sich schrecklich.

Schweigend saßen sie im Wintergarten, als es an der Haustür klingelte. Gemeinsam gingen sie zur Tür. Draußen stand ein Junge von höchstens siebzehn Jahren mit hochgeschlagenem Mantelkragen und einer schwarzen Strickmütze, die er tief ins Gesicht gezogen hatte. Harriet spürte ein flaues Gefühl in der Magengegend.

„Ich heiße Rouven Torwald", sagte der Junge. „Ähm, ich bin gekommen, um mich bei Ihnen zu entschuldigen. Ich habe … ich bin einige Male in Ihren Garten, ich meine … ich habe Ihre Weihnachtsdekoration zerstört." Edda starrte Harriet an. „Es tut mir leid", beteuerte Rouven. „Nur … na ja … meine Familie … sie waren alle so enttäuscht darüber, dass das Adventssingen nicht bei uns stattfinden sollte, wo Hermann Kletke doch schließlich in unserem Haus gelebt hat."

Schweigen.

„Sagen Sie doch etwas!", flehte der Junge. „Ich … kann ich irgendwas tun?"

„Es ist zu spät", sagte Harriet, schloss die Tür und sank auf den Dielenboden. Rouven klingelte wiederholt, doch die beiden hatten nicht die Kraft, zu reagieren. Ihr Leben war zerstört, es gab keinen Ausweg. Mit dieser Schuld konnten sie nicht weiterleben. Niemals.

„Ich habe uns aus den Blättern des roten Fingerhuts einen Tee aufgebrüht", sagte Edda später. Harriet schluckte. „Wird es schnell gehen?", fragte sie. Edda nickte. Harriet setzte sich neben ihre Freundin und sah hinaus in den Garten. Gemeinsam tranken sie den Tee.

Die Lichter an den verschneiten Tannen strahlten im festlichen Glanz. Die Welt sah so friedlich aus.
„Am Weihnachtsbaum die Lichter brennen“, flüsterte Edda und hielt ihre Tränen nicht zurück. „Wie glänzt er festlich, lieb und mild, als sprach er: Wollt in mir erkennen getreuer Hoffnung stilles Bild.“ Sie drückte Harriet an sich. „Kein Ohr hat ihren Spruch vernommen“, sagte Harriet. Das Sprechen fiel ihr bereits schwer. „Unsichtbar jedes Menschen Blick sind sie gegangen, wie gekommen, doch Gottes Segen bleibt zurück.“

Quellen

Myriane Angelowski, Am Weihnachtsbaum die Lichter brennen,
© bei der Autorin

Ulrich Knellwolf, Drei Könige ihrer Branche.
Aus: Ulrich Knellwolf, Der liebe Gott geht auf Reisen,
© 2004 Nagel & Kimche im Carl Hanser Verlag, München/Wien

Tatjana Kruse, Weihnachtswünsche werden wahr,
© bei der Autorin

Judith Merchant, Axt mit Schleife,
© bei der Autorin

Jürgen Rath, Schnee im Grunewald.
Aus: Lieber guter Weihnachtsmann, schau mich nicht so böse an,
© 1. Auflage 2011 edition ♦ karo im Literaturverlag Josefine Rosalski, Berlin
(www.edition-karo.de)

Regine Röder-Ensikat, Gier.
Aus: Lieber guter Weihnachtsmann, schau mich nicht so böse an,

Henry Slesar, Der Mann, der Weihnachten liebte.
Aus dem Amerikanischen von Barbara Rojahn-Deyk.
Aus: Henry Slesar, Das tödliche Telefon.

Sollte es dem Verlag trotz intensiver Bemühungen in Einzelfällen nicht gelungen sein, die Inhaber der Textrechte zu ermitteln, bleiben berechtigte Honoraransprüche bestehen.